Carlos de Sigüenza y Góngora

Infortunios de Alonso Ramírez

Estudio preliminar y edición de Antonio Lorente Medina

El Paraíso en el Nuevo Mundo, 2

Colección patrocinada por el

Proyecto CB SEP-Conacyt 2012: 179178

El Paraíso en el Nuevo Mundo contribuye al reconocimiento del pasado colonial hispanoamericano a partir de ediciones, críticas o anotadas, de textos signifi cativos de los siglos XVI-XVIII. Su nombre no solo recuerda aquella homónima obra de León Pinelo en la que el Edén estaría situado en las Indias Occidentales, sino también el que su autor fue recopilador de un primer repertorio bibliográfico indiano en 1629, su famoso *Epítome de la bibliotheca oriental i occidental* [...], en el que consignara los títulos hasta entonces publicados por las imprentas virreinales. La obra de Pinelo reúne entonces los dos polos de aquella metáfora borgiana que concebía el Paraíso Terrenal como una biblioteca, metáfora que esta colección pretende evocar a la manera de un nuevo y letrado Jardín de las Delicias.

Carlos de Sigüenza y Góngora

Infortunios de Alonso Ramírez

Estudio preliminar y edición de
Antonio Lorente Medina

Iberoamericana - Vervuert - 2017

UNIVERSIDAD AUTÓNOMA
DE SAN LUIS POTOSÍ

FACULTAD DE
CIENCIAS SOCIALES
Y HUMANIDADES

Amor de Dios, 1 – E-28014 Madrid
Tel.: +34 91 429 35 22
Fax: +34 91 429 53 97

Elisabethenstr. 3-9 – D-60594 Frankfurt am Main
Tel.: +49 69 597 46 17
Fax: +49 69 597 87 43

info@iberoamericanalibros.com
www.iberoamericana-vervuert.es

ISBN 978-84-1692-200-0 (Iberoamericana)
ISBN 978-3-95487-549-8 (Vervuert)
ISBN 978-3-95487-578-8 (e-book)

Depósito Legal: M-537-2017

Impreso en España

Diseño de cubierta: Ruth Vervuert

Este libro está impreso íntegramente en papel ecológico sin cloro.

Probablemente más de un candidato a lector de este libro se preguntó, en un primer momento, sobre la pertinencia de ofrecer una edición más de los *Infortunios de Alonso Ramírez*. Porque es verdad que se trata de una obra ya bien conocida y más o menos ubicada en el canon novohispano, aunque no había sido contextualizada ni fijado su texto del modo en que aquí lo hace Antonio Lorente, el editor, quien la concibe estrictamente como relación, más que como novela, lo que no significa que se descuiden, por supuesto, sus muchos atributos literarios.

Con este trabajo Antonio Lorente continúa su participación en lo que ha venido siendo ya un largo debate sobre la historicidad de Alonso Ramírez, aunque Lorente no lo hace ahora armado solo de buenas razones, sino, sobre todo, de nuevos documentos a considerar, uno de ellos, el principal: una carta del conde de Galve a su hermano, el duque del Infantado, fechada en julio de 1690 y que exhuma Fabio López Lázaro; carta que prueba la existencia real del protagonista de este texto, prueba la existencia de su viaje y demuestra, finalmente, que la obra fue escrita por Sigüenza y Góngora por mandato del virrey.

Con este y otros argumentos, las discusiones literarias, históricas o escriturales que han venido siguiendo la recepción de este relato pueden alcanzar niveles más elevados, haciendo de los *Infortunios* escenario privilegiado para nuevas consideraciones sobre las porosas fronteras entre historia y ficción que su texto y referencia muestran, sobre la importancia geopolítica de la piratería y su combate en esos años, así como sobre los usos retóricos que las relaciones podían tener. En suma, con esta edición, número dos de "El Paraíso en el Nuevo Mundo", se ofrece un texto que, como afirma el propio editor, "[...] a la luz de las nuevas expectativas lectoras creemos que ha de ser interpretado de manera muy diferente a como se ha hecho hasta ahora".

Índice

Introducción

> Este Alonso Ramírez era natural de S. Juan de Puerto Rico. Fue apresado por unos Piratas en los Mares de Filipinas, desde donde librándose prodigiosamente, navegó solo y sin derrota hasta las Costas de Yucatán, habiendo dado casi una vuelta al Globo.
>
> (José Mariano Beristáin de Souza)[1]

I. Lectura contextual de *Infortunios de Alonso Ramírez* a la luz de los nuevos descubrimientos[2]

El año 2007 Fabio López Lázaro publicó un artículo fundamental en la orientación definitiva de la recepción crítica de *Infortunios que/ Alonso Ramírez/ natural de la civdad de S. Juan/ de Pverto Rico/ padeció, así en poder de Ingleses Piratas que lo apresaron/ en las Islas Philipinas/ como navegando por sí solo, y sin derrota, hasta varar en la Costa de Yucatán: /Consiguiendo por este medio dar vuelta al Mundo* hacia una relación histórica verídica, basada en un personaje real y concreto[3]. En dicho

1. Beristáin de Souza, 1980, t. III, p. 163.
2. En este apartado sigo, en gran medida, mi estudio sobre *Infortunios* publicado en 2013.
3. López Lázaro, 2007, pp. 87-104.

artículo exhumaba un documento de excepcional interés en apoyo de su aseveración de que Alonso Ramírez había sido un pirata caribeño, cuyo destino lo llevó a encallar en las costas de Bacalar. El documento en cuestión es la carta que el conde de Galve, virrey de la Nueva España, envió a su hermano, el duque del Infantado el 1 de julio de 1690. Si bien ya nos hicimos eco de ella en un trabajo de 2008[4], la reproducimos a continuación por su enorme importancia:

> Ex[celentísi]mo Señor:
>
> Hermano, amigo, y Señor mío, acompañan a [é]sta veinte Relaciones del viaje que hi[ç]o Alonso Ramírez[,] natural de Puertorrico[,] desde las Islas Philipinas hasta la provincia de Campeche donde se perdi[ó], que haui[é]ndole mandado viniese a esta Corte hice le tomasen declaración de la derrota e<,> infortunios que padeci[ó] en tan ynaudita nabegaci[ó]n hasta estos tiempos[;] que por ser vien Rara y Peregrina la Remito a V[uestra Excelencia.] He hecho se imprima para poder enviar muchos duplicados a V[uestra Excelencia] por si gustare Repartir entre los Amigos[,] que yo s[ó]lo la emb[í]o al Marqu[é]s de los V[é]lcz[,] de que doy quenta a V[uestra Excelencia,] Cuia Ex[celentísi]ma Persona guarde Dios muchos años como he menester[5].

Esta carta demuestra definitivamente la existencia real y no ficticia de Alonso Ramírez y arrumba todos los estudios críticos destinados a sostener que *Infortunios* era una ficción novelesca al cajón de la historia. Es cierto que Cummins[6], Cummins y Soons[7], Bryant[8] y yo mismo[9] habíamos mostrado que prácticamente la totalidad de los personajes aparecidos en la relación eran individuos reales y no entes novelescos: el virrey y los gobernadores de Filipinas y Yucatán; el obispo de Mérida, don Juan Cano Sandoval; el almirante Antonio Nieto y el piloto del galeón *Santa Rosa*, Leandro Coello, con quienes hizo su travesía Alonso Ramírez; el deán de la catedral de México, don Juan de Poblete,

---

4. Lorente Medina, 2008, pp. 133-147.
5. AHN, Sección Nobleza, Osuna, 55, 61, ff. 2-3. Tomada originalmente de López Lázaro, 2007, pp. 100-101, sin foliar.
6. Cummins, 1984, pp. 295-303.
7. Cummins, y Soons, 1984.
8. Bryant, 1984.
9. Lorente Medina, 1996, pp. 175-186; y 2008, pp. 133-147.

y su hermana María, con cuya huérfana se casó[10]; los capitanes Juan Bautista y Juan Carballo, cuyas embarcaciones dice confundir con las naves piratas que lo capturan en la boca de Mariveles el 4 de marzo de 1687; los alcaldes de Valladolid, Francisco Zelerún y Ceferino de Castro; el encomendero de Tihosuco, don Melchor Pacheco y el cura beneficiado de dicha villa, don Cristóbal de Muros; Bernardo Sabido, escribano real de Mérida desde 1681; don Sebastián de Guzmán y Córdova, "factor, veedor y proveedor de las Cajas Reales", prologuista y mecenas de la *Libra Astronómica* (1690); el capitán de artillería Juan Enríquez Barroto, discípulo predilecto de Sigüenza y Góngora, que aparece en diversos escritos suyos; y hasta el maestro alarife Cristóbal de Medina, que contrata a Alonso Ramírez "con competente salario", existió realmente tal y como se afirma en *Infortunios*. No es extraño que todos estos datos me llevaran a decir en 1996: "Sencillamente, no es creíble que don Carlos comprometiera en una relación ficticia a tantas personas reales y de tan dispar relación social"[11].

Pero hasta 2007 no se había encontrado un dato incontestable que demostrara la existencia verdadera de Alonso Ramírez. Quizá por ello la crítica mundial ha seguido abogando por la novelización híbrida de *Infortunios*, posiblemente porque en su negativa a aceptar la relación de Alonso Ramírez como una relación histórica contada por el propio personaje subyazca el deseo insatisfecho de encontrar novelas hispanoamericanas en el período colonial. La anacrónica necesidad de buscar un *origo mirabilis* para la gran novela hispanoamericana contemporánea ha llevado a la crítica hasta el extremo de encontrar paralelismos a *Infortunios* con relatos importantes del siglo XX, olvidando un hecho fundamental: que las novelas que nutrían el imaginario cultural de los criollos americanos y de los españoles peninsulares eran las mismas y constituían la base común de su tradición literaria[12]. Así es que el contenido de la carta antecedente resulta esencial para demostrar la existencia real de Alonso Ramírez, que hasta ahora se había mostrado huidiza.

---

10. Buscaglia, 2011, ha encontrado el acta matrimonial de Alonso Ramírez con Francisca Xavier(a) de Poblete, fechada el 8 de noviembre de 1682 (p. 131, nota nº 71), en la Catedral Metropolitana de México.
11. Lorente Medina 1996, p. 176.
12. Lorente Medina, 2008, p. 133.

Otro dato sobresaliente que se destaca del documento es el hecho indubitable de que *Infortunios* se escribe por mandato del virrey. Por lo tanto, hemos de desechar también las expectativas lectoras suscitadas por la crítica mundial sobre el fecundo motivo literario de un personaje en busca de un autor y la inserción final del propio autor en el texto de la narración, como indicios claros de la ficcionalización del texto, y subrayar, en cambio, el denodado interés del conde de Galve por publicar y divulgar en España la relación de Alonso Ramírez. Ello explica la notable celeridad con que fue escrita y publicada: entre el 5 de mayo de 1690, en que el virrey recibe a Alonso, y el 26 de junio, en que aparecen impresas las Aprobaciones. Esta misma celeridad es la que impide aceptar que Sigüenza, en el momento de componer la relación y convaleciente de una enfermedad, pudiera buscar hipotéticos modelos literarios, repetidos hasta la saciedad por la crítica y siempre discutibles[13]. Y, desde luego, parece la causante de algunos errores de impresión en la *editio princeps*, como el cambio de numeración romana a arábiga a partir del capítulo III (III, V, VI y VII), sin más razón que la falta de atención de los correctores de la imprenta. Asimismo, también puede ser la causa de las diez notas aclaratorias puestas en las márgenes del capítulo VI, colocadas en plena impresión con el fin de aclarar a los lectores a qué islas se estaba refiriendo el texto. Las exigencias del virrey se perciben indirectamente en el texto de la aprobación que estampa Francisco de Ayerra Santamaría, nombrado censor por decreto del propio Galve, aunque una vez "empeñado en la lección de la obra" subraye atinadamente "la variedad de casos y la disposición y estructura de sus períodos" como dos rasgos fundamentales del discurso narrativo de *Infortunios* que le hicieron agradecer "como inestimable gracia lo que traía sobrescrito de estudiosa tarea"[14].

---

13. No hay que olvidar un hecho que siempre se obvia cuando se habla de los posibles modelos literarios de *Infortunios*: tanto la novela picaresca, como la novela bizantina, o la novela de cautivos están ancladas necesariamente en la realidad referencial y de ella obtienen los motivos y las secuencias literarias que les confieren verosimilitud. Sin el anclaje referencial estos modelos carecerían de la credibilidad necesaria para ser aceptados por los lectores. Por ello no es de extrañar que tengan concomitancias con una relación histórica verídica como *Infortunios*, en la que el protagonista sufre cautiverio y trabajos varios (y ya lo subrayó Albert Mas en 1972).

14. Sigüenza y Góngora, 2017, p. 71. Todas las citas de *Infortunios* remiten a nuestra propia edición.

¿Cuáles fueron las razones que movieron al virrey a publicar y divulgar esta "peregrinación lastimosa"? Para contestar adecuadamente a esta pregunta quizá convenga recordar que el conde de Galve formaba parte de un grupo en la corte de Madrid, liderado por su hermano, el duque del Infantado, y por el marqués de los Vélez, en esos años ministro de Marina Real, que desconfiaba del "pragmatismo político" que había impuesto el partido de Portocarrero en relación con la política exterior de la monarquía hispana. Para el triángulo formado por Galve, Infantado y Vélez había que prestar un cauteloso apoyo a Inglaterra y Holanda en su alianza contra la política expansionista del Rey Sol en América, porque para ellos pesaban más los antiguos prejuicios contra las potencias aliadas, en su opinión "criaderos naturales de heréticos piratas", que los temores a las agresiones francesas. El viejo sentimiento anti-inglés, que permanecía vigente en el imaginario colectivo de la sociedad hispana, se acentuó en la década de los ochenta en respuesta a la aparición en Gran Bretaña de folletos incendiarios que justificaban el saqueo del imperio español en América como la justa respuesta a las crueldades iniciada por Hernán Cortés y Francisco Pizarro[15]. Surgieron al calor de la nueva ruta de navegación que Bartolomé Sharp había obtenido tras su incursión pirática en los Mares del Sur (1680-1681) gracias a la retención de prácticos americanos y pese a los ímprobos esfuerzos del embajador español en Londres por conseguir una condena efectiva del pirata[16]. Y desataron una formidable campaña propagandística que animó a "aventureros de toda laya a continuar las empresas de Sharp, movidos por la codicia de las inagotables riquezas con que se representaba el Perú a la imaginación europea de la época"[17]. La situación llegó a tal extremo que durante estos años la administración española consideró seriamente la posibilidad de que el galeón de Manila fuera atacado por piratas, como en realidad pretendió hacerlo la tripulación del *Cygnet*, en la que iba William Dampier, durante los años cruciales para nuestra relación (1686-1687).

La desconfianza del conde de Galve respecto de los "aliados por coacción" se convirtió en evidencia durante sus años de mandato en el

15. Véase Alsedo y Herrera, 1883; Haring, 1966; y López Lázaro, 2011, pp. 25-27 y 158.
16. Pérez-Mallaína y Torres, 1987, pp. 299-300; Lohmann Villena, 1858; y Lorente Medina, 2011, pp. 203-207.
17. Lorente Medina, 2011, p. 205.

virreinato de Nueva España. Él mismo, en su viaje de toma de posesión, tuvo un encuentro bélico con piratas ingleses en la noche del 12 de septiembre de 1688[18]. Esta experiencia personal lo convenció de lo expuestos que se encontraban los asuntos del rey en América; convencimiento que se acrecentó cuando, al llegar a Veracruz, le contaron las terribles depredaciones que había llevado a cabo Lorencillo cinco años antes. Galve cuantificó a Madrid el número de ataques piráticos sufridos en la Nueva España con el beneplácito, cuando no apoyo encubierto, de los oficiales ingleses y franceses. Y no contento con ello, aceleró las medidas políticas preventivas de los anteriores virreyes, iniciadas tras el saqueo de Veracruz; aumentó las patrullas guardacostas, especialmente de canoas rápidas ("piraguas") que podían perseguir a cuantos penetraban en los manglares de la línea de costa; desvió fondos para fortalecer la Armada de Barlovento en el Caribe; atacó una reforma eficaz de las milicias locales; y concibió un ambicioso ataque anfibio a La Española y Tortuga con su cuñado, don Fadrique de Toledo, del que son reflejo indirecto la *Relación de lo sucedido a la Armada de Barlovento* y *Trofeo de la Jvsticia Española en el Castigo de la Alevosía Francesa*, ambas de 1691. Extraoficialmente promovió ataques piráticos de españoles a barcos o emplazamientos franceses, ingleses y holandeses, aunque el secreto con que llevó a cabo esta actividad impide saber si los mercaderes mexicanos llegaron a organizar una flota privada antipirata similar a la que unos años antes habían armado los mercaderes limeños ("Nuestra Señora de la Guía"), con la que limpiaron de piratas los Mares del Sur. En cualquier caso, sus medidas fueron aprobadas por el rey en 1692, porque "había dejado libres de piratas a los habitantes de estas provincias".

En este contexto hemos de entender las razones del virrey para aceptar como cierta la versión de Alonso Ramírez y ordenar la impresión de *Infortunios*. Con el envío de la relación a España, Galve perseguía un doble objetivo: equiparar subliminalmente a los piratas con los aliados de España como "tramposos", que no reconocían "ni rey, ni patria, ni obediencia", atentos solo al mar y a lo que podían robar en él; y fomentar la indignación hispánica contra los bucaneros y contrabandistas extranjeros. A la vez, en la Nueva España lograba que Alonso Ramírez consiguiera una notoriedad transitoria que lo librara definitivamente

18. AHN, Sección Nobleza, 54, 40. Tomado de López Lázaro, 2011, p. 19 y nota 7 de p. 155.

de las denuncias del alcalde de Valladolid, don Ceferino de Castro. La llegada de *Infortunios* a Madrid a finales de 1690 animó a los consejeros reales para adoptar una política exterior que mantenía su coalición con Inglaterra y Holanda frente a la beligerancia francesa, a la par que establecía una prudente distancia con ellas.

Esta campaña doble –popular, por un lado, en México; y al más alto nivel diplomático, por otro, en Madrid– fue sostenida por el virrey de la Nueva España, el duque del Infantado y el marqués de los Vélez con la intención de desenmascarar las acciones de "la pérfida Albión" y de Holanda, mostrándolas a la corte de Madrid como lo que eran, aliadas de circunstancias, obligadas por la política agresiva de Luis XIV, que en caso de que no devolvieran a España las islas caribeñas que conquistaran a los franceses durante la guerra, actuarían como sus piratas ("sin rey, ni patria, ni obediencia"). En este sentido, la desgraciada historia de Alonso Ramírez se convertía para Galve y sus allegados en un alegato de una formidable utilidad política.

Por otra parte, la inesperada aparición de la fragata de Alonso y de su valioso cargamento no pudo resultar más oportuna para los intereses del virrey. Justo cuando desde Madrid se le exigía la congelación de presupuestos y el envío de nuevas remesas de lingotes de oro para costear los gastos de la guerra contra Francia; exigencias que lo obligaban a paralizar cualquier actividad hasta no dejar satisfechas las necesidades financieras de la Corona en Europa, y muy especialmente su anhelada expedición punitiva contra los franceses de Haití y los corsarios de Tortuga. Un verdadero obstáculo que llevó a Galve a ser muy crítico con los consejeros de Madrid a lo largo del año 1689, porque con sus controles previos le impedían satisfacer las necesidades novohispanas. Paulatinamente fue arreciando en sus críticas a Madrid. El 11 de julio escribía a su hermano[19] aclarándole que no lo detendría ningún escrúpulo en su afán por satisfacer las necesidades de todo el mundo. En diciembre su necesidad era clamorosa. Se quejaba de que los controles previos desde Madrid lo maniataban para realizar cualquier actividad política importante y pedía al duque del Infantado que convenciera al rey de la necesidad de reestructurar las finanzas de la Nueva España, sobre todo, las relacionadas con los asuntos navales, que le permitieran tomar decisiones trascendentales sin tener que esperar el beneplácito

19. AHN, Sección Nobleza, Osuna, 51, 59, ff. 1-2. Tomado de López Lázaro, p. 48 y notas 3-5, 164.

previo de Madrid. Además, en el invierno de 1689-1690 tuvo que afrontar el problema de la escasez de bronce, cobre y hierro en Nueva España, todos ellos metales necesarios para la forja de cañones, la fabricación de piezas de artillería y la construcción de armas de fuego.

A principios de 1690 la situación de Galve no podía ser más angustiosa. Incluso había tenido que renunciar a doce de sus mejores cañones en la ciudad de México para fortalecer las defensas de Yucatán. En estos momentos es cuando entran en escena de forma providencial Alonso Ramírez y su fragata, provista de "nueve piezas de artillería de hierro, con más de dos mil balas de a cuatro, de a seis y de a diez, y todas de plomo, cien quintales, por lo menos, de este metal, cincuenta barras de estaño, sesenta arrobas de hierro, ochenta barras de cobre del Japón", amén de las "muchas tinajas de la China, siete colmillos de elefante, tres barriles de pólvora, cuarenta cañones de escopeta, diez llaves, una caja de medicinas, y muchas herramientas de cirujano". La casualidad ofrecía a Galve una solución parcial pero considerable a sus necesidades, porque le permitía adquirir suministros militares y metales de óptima calidad para la construcción de material bélico a bajo precio, a cambio de sancionar para Ramírez la legalidad de un cargamento dudoso y, muy probablemente, de hacer la vista gorda sobre la legitimidad de su origen. Asimismo, la difusión de *Infortunios* le facilitaba la justificación de los costes de sus actividades antipiráticas ante los ojos de consejeros reales influyentes, como el marqués de los Vélez, en un período en que desde Madrid se empezaba a pensar en reducir los gastos de las colonias, privatizando y deslocalizando aspectos vitales de la economía con el fin de allegar fondos para la Corona[20].

Todas estas circunstancias favorecieron el que se aceptara como cierta la versión de Alonso Ramírez y que el conde de Galve exigiera a Sigüenza que la plasmara en la relación escrita que hoy conocemos. ¿Pero fue cierto todo lo que este le dijo al virrey y a Sigüenza, o solo una relación verosímil, que ocultaba y suavizaba sus actuaciones con los piratas que lo capturaron? La verdad es que, como adelanté hace

20. Esta nueva orientación de la política colonial llevó un año después a la ruptura de la alianza entre el virrey, el duque del Infantado y el marqués de los Vélez. El choque posterior entre la política de los dos hermanos y la del Consejo, presidida por Vélez, estaba servido y explotó al año siguiente. Para las acusaciones que se cruzaron entre ellos, véase López Lázaro, 2011, p. 48.

unos años[21], es extremadamente difícil entender a Alonso Ramírez en toda su complejidad, porque es tan importante lo que dice y cómo lo dice como lo que calla. Sin duda Sigüenza "dio alma con lo aliñado de sus discursos" a la "funestidad confusa de tantos sucesos", como afirmó Francisco de Ayerra en su "Aprobación" y veremos más adelante. Y a eso se debe el halo de ejemplaridad que se desprende del texto, que se manifiesta –entre otras formas– en los juicios con los que el propio Alonso se recrimina: "resolución indiscreta", "fatalidad de mi estrella", "convencido de inútil", "despechado de mí mismo", etc. Pero la relación oral que le contó a Sigüenza y Góngora no era tan "confusa" como pensara Ayerra y como se ha creído hasta ahora; o si lo era, lo era de forma deliberada. Desde mucho antes de que alcanzara Yucatán y, desde luego, desde que quedó varado en sus costas y hasta su llegada a México, Alonso Ramírez tuvo tiempo y ocasión de "pulir" los pasajes inconvenientes de su biografía y de destacar aquellos que favorecían su defensa en las diversas declaraciones[22]. Ya encontramos un esbozo de relación en su afortunado encuentro con el criollo Juan González, vecino de Tihosuco. A partir de este momento, un rosario de relaciones jalona la estancia yucateca de Alonso Ramírez, hasta que por fin llega a México y le refiere a Sigüenza sus padecimientos. Lo que se nos cuenta a continuación en *Infortunios* es bastante conocido, aunque la crítica lo haya interpretado libremente: Sigüenza, compadecido de sus desgracias, no solo les da cuerpo definitivo, sino que intercede por él ante el virrey para que Alonso Ramírez recupere los bienes expoliados por los alcaldes de Valladolid y se "entretenga" en la Armada de Barlovento, le ayuda económicamente y lo pone bajo la tutela de Juan Enríquez Barroto, discípulo directo suyo, capitán de artillería y marino experimentado, que en esos días se hospedaba en su casa, con el fin de "excusarle" los gastos de su viaje a Veracruz.

Sin pretensiones de exhaustividad, recordemos que Alonso Ramírez cuenta su "relación" a Juan González; al cura beneficiado de Tihosuco,

---

21. Sigo aquí las ideas expuestas en Lorente Medina, 2008, pp. 133-147, y especialmente pp. 135-138, en la medida en que me siguen pareciendo válidas.
22. Buscaglia, 2011, p. 55, cree que la versión de la historia que Ramírez le cuenta a Sigüenza comenzó "a cobrar forma" cuando él y sus hombres se quedaron varados en Yucatán y, tras fracasar en su intento de llegar a Belice, no les quedó más remedio que "enfrentarse a las consecuencias de regresar a territorio español". De cualquier modo, esta suposición lógica no invalida nuestra afirmación; en todo caso, la complementa o matiza.

don Cristóbal de Muros; y al encomendero, don Melchor Pacheco; a los alcaldes de Valladolid, que propalan la noticia a toda la ciudad con la clara intención de requisar los artículos que Alonso había tenido que dejar en su varada fragata; al gobernador de Yucatán; al obispo de Mérida y a un sinnúmero de vecinos de la ciudad de Mérida, que le hicieron "relatar cuanto aquí se ha escrito, y esto no una, sino muchas veces", según nos dice el propio Alonso, entre el 4 de diciembre de 1689 y el 2 de abril de 1690, en que sale definitivamente hacia México por orden del virrey.

Todos estos testimonios nos permiten inferir una multitud de relaciones orales que, si idénticas en lo esencial, diferirían en multitud de detalles llenos de colorido y en la finalidad pretendida. En unos casos la relación se ceñiría al estrecho cauce de una toma de declaración, en la que el protagonista tendría que limitarse a hechos concretos, comprobables, que fortalecieran su defensa. En otros casos Alonso detallaría circunstanciadamente su relación para mantener el interés de quienes lo escuchaban y despertar su compasión y su solidaridad, aunque al parecer no lo consiguiera nunca. Y aun cabrían otros casos, como en su narración al gobernador de Yucatán, al obispo de Mérida o al mismo virrey, en que la prudencia y la discreción le obligaron a hacerlo en "compendio breve". Unas y otras exigieron a Alonso Ramírez el desarrollo de unas destrezas narrativas diferentes –según el tipo de interlocutores que tuviera– para conseguir que prestaran "gratos oídos" a todo lo que contaba. Y esto sin tener en cuenta el tiempo del que dispuso para pensar en la elaboración de su relato antes de su llegada a Yucatán.

En 1996 me detuve brevemente en los valores literarios que se desprenden del proceso de decantación oral de *Infortunios* y de su elaboración definitiva a cargo de Sigüenza y Góngora. A expensas de volver más adelante sobre este asunto, quiero ahora centrarme en las evidencias encontradas por Fabio López Lázaro y por José F. Buscaglia[23] de que Alonso Ramírez "alteró" los hechos históricos realmente vividos hasta perfilarlos "literariamente". O lo que es igual, hasta conseguir verlos plasmados en una relación escrita a su favor, aunque en principio crea que hay que matizar la afirmación del primero de que no hay certeza sobre la vida de Alonso Ramírez antes de su captura el 4 de marzo de 1687[24]. A no ser que aceptemos que el cartucho de a diez

23. Buscaglia, 2011, pp. 11-99.

24. López Lázaro, 2011, p. 26: "We have no evidence about Ramírez's life before his capture by pirates, so we can tentatively accept that he was a Spanish carpenter

que le abrasó la mano y le "maltrató un muslo, parte del pecho, toda la cara y me voló el cabello" (p. 132), le desfiguró el rostro hasta el punto de que fuera irreconocible para los demás (lo que no consta en la relación[25]), creo que la incorporación de los distintos personajes del capítulo primero –su pariente, don Luis Ramírez[26], regidor de Oaxaca; del mercader trajinante Juan López, del maestro alarife Cristóbal de Medina, con quien trabajó "cosa de un año", y fundamentalmente de la influyente familia de los Poblete, con quienes emparentó[27] al casarse con la sobrina del deán de la catedral de México– subrayan un hecho esencial olvidado hasta ahora. Y es que Alonso Ramírez era conocido en México antes de que adquiriera notoriedad en 1690 y que utilizó estos nombres en apoyo de sus alegaciones legales, aunque omitiera las razones por las que don Luis Ramírez le negó su ayuda y nos mintiera en la fecha de su marcha a Filipinas. Y buena prueba de ello nos lo ofrece el propio López Lázaro cuando nos muestra las conexiones de don Melchor Pacheco, encomendero de Tihosuco, con la familia Poblete[28], el apoyo que este poderoso personaje ofreció a Alonso Ramírez y el extraordinario regalo que este, agradecido, le dio: el cris malayo

---

from Puerto Rico". El acta matrimonial de Alonso Ramírez y Francisca Xaviera, del 8 de noviembre de 1682, encontrada por Buscaglia, invalida esta afirmación.

25. Buscaglia, 2011, p. 59, se pregunta si estas heridas no serían "el resultado de una disputa entre la tripulación", o un modo de ocultar las heridas y quemaduras sufridas al abordar bajeles durante su actividad pirática.

26. El propio López Lázaro, 2011, documenta en nota 97, p. 173, que el noble D. Luis Ramírez de Aguilar fue nombrado regidor de Oaxaca el 9 de marzo de 1677 (AGI, México, 195, 15). En una relación de sus servicios y méritos de 1689 (Indiferente, 132, 49), (Indiferente, 132, 49) se mencionan los importantes puestos que había obtenido, incluyendo las regidurías de Teutitlán y de Macuysuchil. Buscaglia corrobora estos asertos y profundiza en ellos con diversos documentos del AGN. Por uno de ellos (AGN, Oficios Vendibles, 80, vol. 5; exp. 4, ff. 118-137) sabemos que Luis Ramírez era propietario de varias haciendas en las inmediaciones de Antequera y que por lo menos en una ocasión pidió al rey ser relevado de sus cargos y obligaciones para poder atender sus negocios personales (Buscaglia, 2011, p. 129, nota 59).

27. Buscaglia conjetura, además, que Alonso Ramírez fuera cómplice del "fraude de los panecillos milagrosos" que llevó a cabo su suegra. Fray Avgvstín de Vetancurt, 1698, parágrafos 93-100, pp. 19-21, recoge la historia de los panecillos religiosos, y la estudia monográficamente Tenorio, M. L, 2001.

28. AGI, Indiferente, 194. Tomado de López Lázaro, 2011, p. 73 y nota 100, p. 164.

que motivó la codicia de don Zephirino de Castro. Otra cosa es que todavía no hayamos podido –o no hayamos querido– documentarlo.

Hace años mostré las verdaderas razones de su viaje a Filipinas[29]: la noticia de "la abundancia de aquellas islas" y del considerable tráfico de la zona, que, sin duda, fueron determinantes en su decisión final de darse "por pena de este delito la que se da en México a los que son delincuentes". Asimismo, que, una vez avecindado en Cavite, simultaneó los oficios de marinero y de mercader durante casi tres años de bonanza, que le hacían presagiar "para lo venidero bastante logro", en los que se convirtió en un experto conocedor de la zona: Madrastapatán, Malaca, Macao y Batavia son lugares visitados por Alonso Ramírez, cuyas opiniones muestran el conocimiento directo sobre los lugares y acontecimientos narrados, que se concretan en la anáfora paralelística enmarcada por el verbo "Estuve". La impresión que le produjo la última de las ciudades es notable, y en ella se subrayan la pujanza de la colonización holandesa y el enorme tráfico marítimo del sureste asiático, con sus secuelas de ventajosos intercambios comerciales y de posibles travesías peligrosas:

> Estuve en Batavia, ciudad celebérrima que poseen los mismos en la [J]ava Mayor y adonde reside el gobernador y capitán general de los estados de [H]olanda. Sus murallas, baluartes y fortalezas son admirables. El concurso que allí se ve de navíos malayos, macasares, sianes, bugises, chinos, armenios, franceses, ingleses, dinamarcos, portugueses y castellanos no tiene número. Hállanse en este emporio cuantos artefactos hay en la Europa y los que en retorno de ellos le envía la Asia. Fabrícanse allí, para quien quisiere comprarlas, armas excelentes. Pero con decir estar allí compendiado el universo lo digo todo (p. 90).

Son años fructíferos en su vida y en su economía, en los que consigue, al parecer, la estima social que anhelaba y el apoyo del propio gobernador de las islas; pero no están exentos de riesgos. Su bonanza, al amparo del gobernador de Cavite, conlleva –como contrapartida–

29. Por Buscaglia, 2011, pp.134-135, nota 80, sabemos que el galeón *Santa Rosa* no estuvo en Acapulco en todo el año 1682 y que en realidad Ramírez no pudo partir hacia Filipinas antes del 31 de marzo de 1684 en dicho galeón y acompañando al gobernador, don Gabriel de Curuzelaegui. También pudo marchar cuatro días después en el galeón *San Antonio de Padua*, cuyo piloto era el almirante Leandro Coello. Es decir, que Alonso Ramírez falseó la fecha de su marcha a las islas Filipinas.

ciertas misiones peligrosas. En una de ellas, Alonso Ramírez es capturado por piratas ingleses el 4 de marzo de 1687, como especifica él mismo: "Aún más por mi conveniencia que por mi gusto me ocupé en esto, pero no faltaron ocasiones en que, por obedecer a quien podía mandármelo, hice lo propio; y fue una de ellas la que me causó las fatalidades en que hoy me hallo" (p. 91).

El párrafo siguiente de *Infortunios*, que describe las pésimas condiciones de defensa de la fragata en que se embarca Alonso con rumbo a Ilocos, ha sido subrayado numerosas veces por la crítica como muestra de la postración en que se encontraba el imperio español en América y como ejemplo de la crítica incipiente que los criollos iban desarrollando ante este estado de cosas. Pero a la luz de las nuevas expectativas lectoras creemos que ha de ser interpretado de manera muy diferente a como se ha hecho hasta ahora. La crítica a las débiles y miserables defensas de la fragata[30], acentuada por la sorpresa regocijada de los piratas cuando se enteran de que "aquella fragata pertenecía al rey y que habían sacado de sus almacenes aquellas armas", tiene por misión fortalecer las exigencias del conde de Galve ante los consejeros de Madrid, al exponer dramáticamente la situación de los asuntos reales ante las agresiones piráticas. Sin esta finalidad difícilmente el virrey hubiera permitido que este párrafo figurara en la relación mandada hacer por él. Tampoco hubiera consentido el menor atisbo de crítica social, ni hubiera aceptado catalogar el barco en el que navegó Alonso como una fragata real, cosa que, por otra parte, desmiente el tipo de tripulación que la componía, a tenor de los supervivientes que cita el propio Alonso: dos sangleyes, un indio pangasinán, un indio pampango, un español novohispano, un malayo malabar y un negro mozambiqueño. Como podemos ver, una tripulación impropia de una fragata real, aunque sí adecuada para un champán de carga[31] (o para una tripula-

30. No debemos de olvidar, además, que se trataba de una fragata de una cubierta; es decir, de una fragata preparada para cargar objetos, y que este tipo de fragatas siempre iban con escasa artillería. Para intuir la complejidad que el vocablo fragata encierra, véase Carriazo Ruiz, 1998-1999, pp. 33-44.

31. Y mucho más extraño aún es que se le conceda el puesto de contramaestre de una fragata real a un hindú, de quien el mismo Alonso dice: "No satisfechos de lo que yo había dicho, *repreguntando con cariño a mi contramaestre, de quien por indio jamás se podía prometer cosa que buena fuese*, supieron de él haber población y presidio en la isla de Capon[es], que yo [h]abía afirmado ser despoblada" (p. 32). No parece concordar la opinión de Alonso sobre su contramaestre con el

ción pirática después, ya en colaboración con los ingleses). Además, y ahondando en esto, Buscaglia ha demostrado documentalmente que tanto el capitán del barco (*Nuestra Señora de Aránzazu y San Ignacio*, que así se llamaba la fragata), don Felipe Ferrer, como sus oficiales, eran españoles, y que Alonso Ramírez, caso de ir en este barco, lo haría en condición de simple marinero, o como carpintero de ribera[32].

Estos ejemplos nos revelan de forma indirecta el proceso de deturpación selectiva de datos a que somete Alonso Ramírez el texto de *Infortunios*, destinado a impedir la identificación de sus captores y a diluir su verdadera relación con ellos, desde su apresamiento el 4 de marzo de 1687; apresamiento que es corroborado por otras fuentes coetáneas como el *Diario de las Novedades de Filipinas desde Junio de 86 [h]asta el de 87*[33], y el *New Voyage around the World*. En el primer caso, se trata de un manuscrito existente en la Academia de la Historia, que contiene un conjunto de cartas anuas, escritas posiblemente por el padre jesuita Antonio Jaramillo, con numerosas noticias entre las que figura el episodio naval del 4 de marzo de 1687, aunque en ningún momento se refiera a una fragata, sino a una balandra y a un champán. Pese a las diferencias entre el *Diario de las Novedades* e *Infortunios*, se observa que ambos documentos están relatando los mismos hechos, confirmados, a su vez, por el cuaderno de navegación –la segunda fuente– que iba escribiendo William Dampier y que publicó diez años después de que tuvieran lugar estos acontecimientos con el título de *New Voyage around the World*. En él, Dampier cuenta que capturaron dos pequeñas presas cuando cruzaban las Filipinas con la pretensión de capturar la nao de Manila o un rico barco mercante.

El cotejo que realiza López Lázaro de *Infortunios*, el *Diario de las Novedades* y el *New Voyage* le hace ver que las tres fuentes están des-

cargo de importancia que se le concede en una "fragata real". Las cursivas son mías.

32. Buscaglia, pp. 144-145, nota 133. Desde este momento –y sin citarlo– Alonso Ramírez comienza a suplantar la personalidad del capitán Felipe Ferrer; hecho esencial que habremos de tener en cuenta para toda la explicación posterior.

33. Ms. 9/2688, Leg. 2, nº 122. Ya lo estudia López Lázaro, 2011, pp. 27-34. El texto en cuestión dice: "A 4 de Março (dia en q[ue] se hiço en la Compª el primer escrutinio violento) apresó el Pirata Ingles a una balandra del rey q[ue] venia de Pangasinan cargada con tres mil cavanes de arroz limpio. Item apreso tambien a un champan del Alcalde de Pangasinan que venia cargado con arroz y otros generos".

cribiendo los mismos sucesos sin grandes diferencias de detalle, salvo en lo que respecta a su distinta fechación: las fuentes hispanas señalan el 4 de marzo y el diario de Dampier el 23 de febrero. ¿Por qué esas diferencias en la datación? López Lázaro observa que las discrepancias temporales se deben a las diferencias de calendario que usaban unos y otros en sus controles administrativos: Ramírez y Jaramillo se guiaban por el calendario gregoriano, mientras que Dampier seguía utilizando el viejo calendario juliano[34], de acuerdo con la práctica inglesa que había rechazado la adopción del calendario impuesto en el mundo católico desde 1582. Como sabemos, el papa Gregorio XIII declaró que al 4 de octubre de 1582 lo siguiera el 15 de octubre, forzando la fecha hacia delante diez días para hacer coincidir la Pascua de Resurrección con el verdadero calendario astronómico. Así es que el 4 de marzo de 1687, martes, se corresponde en el calendario juliano con el 22 de febrero, martes. Hay, pues, una diferencia de un día entre las versiones hispanas y la versión inglesa, que en principio podría pensarse que se debiera a un error en la redacción de Dampier. Claro que esto no se compadece con la minuciosidad que Dampier mostró en la reelaboración final de su diario, cuando lo preparó para su publicación. No parece adecuado pensar que un hombre tan meticuloso como él mantuviera este error, habida cuenta las numerosas correcciones que introdujo en su versión final. Tiene que haber otra razón más convincente. Esta razón estriba en el distinto modo de contar el tiempo entre los españoles de Filipinas, sujetos al horario de Nueva España, y el resto de los europeos, que hacían el viaje al revés y se encontraban con que los cambios de huso horario les permitían adelantar un día. Este fenómeno, que afectaba a los relojes de una y otra parte, ya fue advertido por Fernando de Magallanes y lo recogieron después multitud de viajeros[35], entre los que

34. Los ingleses mantuvieron el calendario juliano medieval hasta el año 1752, en que su Parlamento lo declaró abolido.

35. Fernández de Navarrete, 1971, v. 18, pp. 211-212, recoge un testimonio anónimo de 1794, que explica brevemente por qué ocurre este fenómeno. Buscaglia, 2011, p. 156, nota 188, también advierte con agudeza las diferencias de calendarios y que en el calendario juliano se comenzaba a contar otro día a partir de las doce del mediodía. Esto le lleva a afirmar que el error de Alonso Ramírez cuando habla de la captura del junco "el antecedente día al aciago y triste en que me cogieron", cuando había ocurrido esa misma mañana, muestra "el grado de aculturación al que llegó Ramírez y su posible integración con los piratas "buscando ajustarse a la mentalidad y adoptando la religión de los luteranos". Si esto

destaco por su proximidad con *Infortunios* el compilador del *Diario de las Novedades* y el propio William Dampier, quien al llegar a Mindanao observó desconcertado que los musulmanes de esta isla celebraban su día de Pascua un día antes de lo acostumbrado (el jueves y no el viernes), sin comprender por qué ocurría esto.

Gracias a las investigaciones llevadas a cabo por López Lázaro y Buscaglia en archivos españoles, mexicanos, portugueses de Macao, filipinos e ingleses hoy sabemos que el *Cygnet* capturó el 4 de marzo de 1687 por la mañana un champán, mandado por Francisco Arsaga, que iba de Manila a Pangasinán, y que unas horas después se pusieron a espiar el *Nuestra Señora de Aránzazu y San Ignacio*, una fragata que bajo el mando del capitán Felipe Ferrer se dirigía al puerto de Manila, hasta dejarla a sotavento, como dice Alonso Ramírez en *Infortunios*, pese a las enormes dificultades que les ofrecía a ambos el fuerte viento que soplaba en la boca de Mariveles. La llegada de una piragua cargada de hombres hasta el *Aránzazu*, la breve discusión que sostuvieron con su capitán, el fuego graneado que efectuaron los de la piragua sobre la cubierta de la fragata; la larga defensa de más de tres horas que Ferrer realizó hasta que el viento permitió maniobrar al *Cygnet*, acercarse peligrosamente al *Aránzazu* y amedrentarle con su potencia de fuego y con su enorme superioridad numérica; y la rendición final de este. Todas las secuencias concuerdan *grosso modo* con lo dicho por Ramírez en *Infortunios*.

Lo curioso es que los marineros del *Aránzazu* que fueron liberados poco después en la isla de Capones se presentaron unos días más tarde ante el gobernador de Filipinas (13 y 14 de marzo) y contaron la captura de los dos barcos, coincidieron en señalar que la fragata capturada era la del capitán Ferrer, que nadie confundió al *Cygnet* con ninguno de los barcos de los capitanes Juan Bautista y Juan de Carballo, y que solo intervino un barco pirata. Además, las indicaciones de Ramírez sobre la virazón de los vientos parece corresponderse más con el lugar en que fue interceptado el champán de Arsaga, cuando los piratas utilizaron el indicador de clima causado por el viento en la desembocadura de Mariveles para capturar a su víctima, que con el sitio en que

---

fuera así, Ramírez tendría que llevar mucho tiempo con los piratas, lo que de ningún modo podemos asegurar. Aunque entra dentro de lo posible, nos parece más probable que oyera este hecho entre los piratas o entre los capturados y lo trasladara sin más al texto.

se encontraron el *Cygnet* y el *Aránzazu*. Todas estas circunstancias, y otras más que no detallo, llevan a pensar a López Lázaro[36] que Alonso Ramírez mezcló ambas escaramuzas en un solo acontecimiento y que, si presenció la batalla, lo hizo ya prisionero desde el *Cygnet*, pero no desde el *Aránzazu*.

Desde luego, hemos de tener en cuenta que los piratas liberaron poco después en la isla de Capones a 55 tripulantes del *Aránzazu* y del champán de Arsaga, entre ellos a Ferrer y a nueve de sus marineros que más tarde su unieron a los piratas y diluyeron su personalidad desapareciendo, al parecer, de los archivos hispanos. Es decir, que tras el primer interrogatorio de los piratas, hecho en español, sobre las defensas posibles de la isla de Capones y sobre "los parajes donde podían hallar la plata y oro", Alonso Ramírez podría haberse marchado libremente como los demás que quisieron, pero no lo hizo. Como la mayoría de los marineros, Alonso se quedó con los piratas, que –era lo usual– ofrecían a los tripulantes cansados de la disciplina mercante la posibilidad de una "colaboración empresarial" provechosa, aunque criminal, como explica en su diario el propio Dampier. Y más en el caso de los tripulantes del *Aránzazu*, a los que la inundación de los muelles de Manila el año anterior y el desmantelamiento del galeón *San Telmo*, ordenado por el gobernador de Cavite, los había dejado sin trabajo. Sin embargo, Alonso cuando narra esta escena la subraya como el origen de sus humillaciones y penurias continuas por espacio de más de dos años, que concluyen de forma incoherente con el regalo por parte de los piratas de una fragata y de un riquísimo cargamento, como tendremos ocasión de comprobar. Ni Dampier en sus escritos (aunque este por razones obvias), ni los demás testigos liberados hablan de semejante tratamiento de crueldad y salvajismo; solo Alonso Ramírez en *Infortunios*. La verdad es que su texto resulta muy sospechoso.

De las tres pruebas aportadas por López Lázaro para demostrar que Alonso Ramírez se unió a los piratas –el uso del término inglés españolizado 'quartamaestre', en vez del correcto 'contramestre'; la constatación de que la información que Alonso ofrece sobre las andanzas de los piratas por los Mares del Sur están basadas en otras relaciones anteriores y muy especialmente en la de Dampier, con quien coincide

36. López Lázaro, 2011, p. 39. Véase también Buscaglia, 2011, p. 64 y notas 138 y 142 de p. 146, así como nota 152 en pp. 147-148. Ambos estudios son aquí coincidentes.

en casi todos los puntos; y la figura del renegado sevillano, Miguel–, solo la tercera resulta, a nuestro juicio, concluyente. Numerosos testigos acreditan la presencia del "intrigante y cruel" sevillano[37] Miguel a bordo del *Cygnet*. En la investigación que se realizó en Manila contra cinco desertores del barco pirata, el mulato novohispano Bernardo de Uriarte, que había sido capturado por los piratas cerca de Manzanillo (diciembre de 1685), una embajada diplomática de Mindanao que casualmente se encontraba en Manila en estas fechas y los propios desertores del *Cygnet* identificaron a un joven sevillano, llamado Miguel de Medina, como miembro de la tripulación pirática. Asimismo, todos los tripulantes del *Aránzazu* liberados por los piratas hablaron de Miguel el sevillano, aunque ninguno lo acusó de intrigante y cruel, sino que lo describieron como un prisionero más, ni quiso recordar su apellido para evitar que pudiera ser identificado por las autoridades españolas en Manila[38]. De modo que, como dice López Lázaro, es inconcebible pensar en otro sevillano distinto, que tuviera el mismo nombre y que navegara en un barco inglés diferente del *Cygnet* y que, a su vez, hubiera capturado dos barcos españoles entre Mariveles y la isla de Capones el 4 de marzo de 1687.

Dilucidadas las condiciones de su apresamiento, conviene reparar de nuevo en las tres capturas de barcos que los piratas llevan a cabo en la primavera de 1687, y que Alonso Ramírez relata en el capítulo III de *Infortunios*, porque nos introducen de lleno en los conflictos que estaban ocurriendo por estas fechas en esa franja del sudeste asiático, con epicentro en el reino de Siam. A comienzos de los ochenta el reino de Narai y su favorito, el griego Constans Phaulkon, mantenía su hegemonía sobre la zona gracias al control de metales estratégicos para el desarrollo de la guerra –el hierro, el cobre, el plomo y el estaño– que o bien se producían en sus minas o bien recalaban en sus puertos. La eficaz intermediación que ejercían sobre los productos chinos o japoneses obligaba a las compañías europeas a comprar estos productos en sus puertos y propició diversas alianzas con los imperios europeos que llevaron a Siam a convertirse en el centro neurálgico de todo el sudeste asiático. A ello se debe el establecimiento de relaciones diplomáticas, misioneras y militares con Francia y el interés de Luis XIV por es-

37. Véase el documento que López Lázaro, F., 2011, pp. 45-46 y nota nº 85, pp. 163-164, sacado de AGI, Filipinas, 12, I, 60, 3, ff. 6-143, ofrece al respecto.

38. Buscaglia, 2011, pp. 65-67, notas 39-42, y nota 381 de p. 179.

tablecer un protectorado en este reino que le permitiera el dominio económico de la zona[39].

Pero esta situación comenzó a cambiar cuando Siam empezó a sufrir represalias como consecuencia de los intereses de la Compañía de las Indias Orientales inglesa, las presiones político-militares del contingente francés dirigido por el conde de Forbin y los impagos de los portugueses radicados en Macao. Por otra parte, la presencia francesa comenzó a suscitar un poderoso sentimiento antieuropeo en la élite local, atizado por los jesuitas portugueses, que veían con enorme recelo el ascenso de los franceses en unos lugares tradicionalmente reservados para la Corona portuguesa. Así que diversos acontecimientos relacionados con este estado de cosas resquebrajaron la supremacía siamesa entre otoño de 1686 y el verano de 1687. De un lado, las tensiones con la Compañía de las Indias Orientales y los impagos del rey Narai, hicieron que esta ordenara el ataque de sus barcos a la flota siamesa, pese a los denodados esfuerzos de Phaulkon por mantener un enfrentamiento de bajo tono y conseguir una solución diplomática que le librara de una guerra total con Inglaterra[40]. Los capitanes piratas, sabedores de la guerra entre la Compañía de las Indias Orientales inglesa y Siam, aprovecharon la ocasión de beneficiarse ofreciendo a las partes en litigio patentes de corso para capturar barcos enemigos y vender sus presas a un precio superior a los del mercado negro. Esto lo conocían los hombres del *Cygnet*, que vieron la posibilidad de actuar impunemente en el final del invierno y en la primavera de 1687[41], navegando tras los movimientos de la flota de Narai y siguiendo los vientos del monzón.

De otro lado, la alianza francesa, que hasta ese momento los protegía, comenzó a resquebrajarse hasta el punto de terminar la armada francesa atacando a la escuadra que debía proteger. Además, Siam

39. Cruyse, 1991.

40. La situación bélica se prolongó más de lo razonable, hasta llegar ecos de la misma a un observador español de Manila, quien escribió a Galve diciendo que los hombres de la Compañía de las Indias Orientales no eran más que piratas (AHN, Sección Nobleza, Osuna, 55, 16, 5).

41. Diversos testimonios de algunos tripulantes del *Cygnet* que habían renunciado a la vida pirática, junto con un negro criollo capturado en Perú y escapado en septiembre de 1687 estando cerca del norte de Filipinas, coinciden en señalar, junto con el mulato novohispano Bernardo de Uriarte, que los piratas ingleses sabían de la guerra entre la compañía inglesa y Siam, y no desaprovecharon la ocasión de beneficiarse de ello. Véase López Lázaro, 2011, pp. 53-55.

arrastraba un largo contencioso económico con el virrey de Goa como consecuencia del "préstamo por atado" que en 1669 habían obtenido los portugueses de Macao con el rey Narai, que les obligaba como contrapartida al pago del 1% anual. Dicho contrato funcionó con normalidad hasta que la dinastía Quing entró a negociar con Siam como un competidor, maniatando las posibilidades del puerto de Macao[42], que empezó a demorar sus pagos. Con el fin de mejorar las maltrechas relaciones con los portugueses morosos de Macao, Narai escribió más de una vez al virrey de Goa en los primeros años de los ochenta, obteniendo siempre la callada por respuesta. Al fin envió una embajada de jesuitas portugueses al mando del padre Jean-Baptista Maldonado, que se encargó personalmente de renegociar el préstamo de 1669. Tras diversos viajes entre Macao y Siam el grupo liderado por Maldonado limó las asperezas recíprocas, trabajó contra los intereses franceses, personificados en el vicario papal enviado a Siam, y soliviantó a la élite local en contra de la intromisión de Francia en los asuntos internos del país. La ascendencia del padre Maldonado sobre el favorito del rey de Siam, Constans Phaulkon[43], fue decisiva para reorientar la geoestrategia del momento a favor de Portugal. Dos barcos fueron los encargados de llevar y traer a los jesuitas portugueses en sus travesías de ida y vuelta entre Macao y Siam: el *Águia Real* y *Nossa Senhora do Rosario*. Estos eran los mismos barcos que Narai mandó en agosto de 1686 a Macao para recordarles a los portugueses las obligaciones que habían contraído con Siam desde 1669 y forzarles a que aceptaran la solicitud de Phaulkon de exonerar a los barcos reales siameses del im-

42. ¿Puede haber una vaga referencia a esto en las palabras con que Alonso Ramírez describe Macao? No podemos asegurarlo, aunque si observamos las numerosas informaciones indirectas que *Infortunios* suministra, no podemos descartarla de plano. El texto es el siguiente: "Estuve en Macao, donde, aunque fortalecida de los portugueses que la poseen, no dejan de estar expuestos a las supercherías de los tártaros (que dominan en la gran China) los que la habitan" (p. 91). Teixeira 1976, pp. 253-305, detalla los numerosos problemas de los portugueses con los mandarines de la dinastía manchú como para no tener en consideración lo dicho por el protagonista.

43. Recordemos que, tras la conversión de Phaulkon al catolicismo, el padre Maldonado fue su confesor particular y su asesor espiritual y político; durante la visita de la embajada francesa de 1687 y 1688 actuó de intérprete y antes había oficiado en la boda del griego con la luso-japonesa, residente en Siam, Guyomar da Pinha.

puesto de aduanas. Las naves volvieron a Siam, a principios de 1687, con la negativa de los portugueses a aceptar las propuestas siamesas. Ante este hecho, Narai las obligó a retornar a Macao con una enérgica protesta; pero en el transcurso de la travesía tuvieron un encuentro desafortunado con los piratas del *Cygnet* (¿y del *Aránzazu*?[44]) cerca de Camboya y no llegaron a Macao hasta el 20 de junio de 1687[45], bastante maltrechas.

Este es el trasfondo en el que hemos de incardinar el pasaje de las tres presas "de mucha monta" que menciona Alonso Ramírez, próximo a Pulau Ubi y Camboya[46]; la primera perteneciente al rey de Siam y las otras dos, a los portugueses de Goa y Macao. El *Águia Real* y *Nossa Senhora do Rosario* son los barcos a que se refiere vagamente Alonso Ramírez cuando nos describe la "torre o castillo de vara en alto de puro oro, sembrada de diamantes y otras piedras preciosas", que los embajadores llevaban para granjearse la voluntad del rey Narai en favor de la petición del virrey de Goa[47]. En cuanto al asunto de Phaulkon y de las manos cortadas a dos caballeros portugueses, concomitante con el fragmento anterior, que Alonso Ramírez relata confusamente, ya ocupó mi atención hace algún tiempo[48], aunque mi explicación adoleciera de excesivo seguimiento de la fuente francesa que recogía este episodio[49]. El episodio reza así en *Infortunios*:

---

44. ¿Usaron el *Aránzau* en este asalto o ya lo habían quemado? Buscaglia piensa, basándose en el testimonio de uno de los marineros liberados del *Aránzazu*, Diego Vendón, que le pegaron fuego a la fragata en Pulau Condón el 27 de abril de 1687. Dampier afirma que lo dejaron abandonado en esta isla. Los intereses contrapuestos de Vendón y de Dampier hacen que lea estos testimonios con mucha prevención.
45. Aunque Alonso Ramírez, deseoso de eliminar pruebas incriminatorias, dijese que los piratas "les dieron fuego". Véase López Lázaro, 2011, p. 63 y nota nº 71 de la p. 170, en la que nos indica el documento en que se basa (AHM, Leal Senado, 531, ff. 14-17). Sobre este asunto también escribió Teixeira, *Portugal na Tailandia*, Macao, 1983, p. 340.
46. Hutchinson, 1985, p. 137.
47. López Lázaro, 2011, p. 96, nos muestra una torre similar en la ilustración que reproduce en su p. 96 (Antoine Coypel: "Recepción de Luis XIV en el Palacio de Versalles a los embajadores de Siam").
48. Lorente Medina, 1996, pp. 191-192.
49. Comte de Forbin, 1729, I, pp. 260-265. En sus *Memoires*, el conde de Forbin recoge pormenorizadamente este episodio.

> Consiguió un genovés (no sé las circunstancias con que vino allí) no solo la privanza con aquel rey, sino el que lo hiciese su lugarteniente en el principal de sus puertos. Ensoberbecido este con tanto cargo, les cortó las manos a dos caballeros portugueses que allí asistían por leves causas. Noticiado el virrey de Goa, enviaba a pedirle satisfacción y aun a solicitar se le entregase el genovés para castigarle. A empeño que parece no cabía en la esfera de lo asequible, correspondió el regalo que para granjearle la voluntad al rey se le remitía. Vide y toqué con mis manos una como torre o castillo de vara en alto de puro oro, sembrada de diamantes y otras preciosas piedras.

El relato tiene una indudable base histórica: la revuelta portuguesa y criolla de Bangkok, ocurrida el año anterior (1686), que debieron contársela los marinos portugueses del *Águia Real* o del *Nossa Senhora do Rosario*. Ocurrió cuando la guarnición portuguesa de esta ciudad se enteró de que iba a ser reemplazada por soldados franceses y, enardecidos sus componentes por los sermones de un sacerdote portugués que les recordó que la nación portuguesa había sido siempre la predominante en las Indias Orientales, se negaron a ser mandados por un galo. El motín fracasó, no por la victoria de Forbin, que se la atribuyó, sino porque Phaulkon fue capaz de negociar personalmente con los amotinados, como también reconoce el propio Forbin. Arduas negociaciones pusieron fin a la rebelión sin derramamiento de sangre, aunque sí fueron detenidos –y castigados– los organizadores de la sedición. La versión de Alonso Ramírez simplifica enormemente los hechos hasta subrayar un episodio menor en detrimento de la importancia de la insurrección, que en el fondo constituyó un incidente más de las prolongadas disputas jurídico-financieras en que se hallaban envueltos Macao y Siam. Más parece una información de segunda mano, interesada, como corresponde a los marinos portugueses interceptados por el *Cygnet*, que, sin duda, simpatizaban con los sublevados, que a lo que en verdad debía ser: una embajada de reconciliación.

La identificación de los piratas citados en *Infortunios*, que hasta ahora había resultado infructuosa, nos depara una sorpresa inesperada: Alonso Ramírez vivió sus "desventuras" en dos barcos piratas diferentes, aunque desconozcamos con seguridad el momento en que pasó de navegar junto a Dampier a hacerlo junto al capitán Donkin y al maestre Bel, que, sin duda, tuvo que ocurrir en una de sus estancias en Pulau Condón. Los nombres señalados al comienzo de los capítulos III y IV –maestre Bel, capitán Donkin, condestable Nicpat y quartamaestre Dick– se corresponden literalmente con los oficiales que mandaban el *Good Hope*, líderes de un grupo de piratas que se apoderó de este barco cuando estaba anclado en Bengala, depuso a su capitán, Samuel Heron, eligió a su piloto Duncan Mackintosh (o Donkin, como figura en algunos documentos) como nuevo capitán y consiguió que lo siguieran casi todos sus antiguos marineros. Curiosamente, estos piratas eran los antiguos compañeros de Dampier y del *Cygnet* en sus días de bucanero por las costas de Sudamérica entre 1683 y 1684; los hombres del capitán Eaton, del *Nicholas*, que se separaron del *Cygnet* cuando una tremenda tempestad cerca del Ecuador los alejó "más de quinientas leguas" y los hizo desistir de sus intenciones de asaltar las costas peruanas y "valerse de lo andado" para pasar "a robar a la India", como dice Alonso Ramírez, llegando al mar del Sur de China en diciembre de 1685, tras pasar por Borneo. Durante un tiempo se mantuvieron unidos hasta que la insubordinación cundió entre ellos, haciendo que Eaton y un buen número de sus hombres abandonaran el barco en 1686 y se dedicaran a trabajar para la Compañía de las Indias Orientales en la India. Los piratas restantes, galvanizados por Donkin Mackintosh, sintieron renacer sus viejos deseos de piratear en la zona. En su travesía abordaron cuatro naves con bandera británica y, según los tripulantes desertores del *Good Hope*, navegaron en dirección a Pulau Condon, para desde esta base de operaciones interceptar a los barcos chinos, japoneses y de Manila. Como el *Cygnet*, el *Good Hope* partió a Pulau Ubi antes de entrar de lleno en la bahía de Siam; pero los vientos monzónicos del sudoeste les obligaron a volver a Pulau Condon hasta el otoño de 1687, cuando los vientos del nordeste les permitieron salir de nuevo. Es muy probable que fuera durante esta larga estancia en la isla cuando Alonso Ramírez se uniera a ellos.

Los marinos desertores del *Good Hope*, a que hemos aludido más arriba, ofrecieron a los oficiales de Fort Saint George una lista de la tripulación en sentido descendente, en la que aparecen los nombres de Donkin Mackintosh, junto con Walter Berd (¿"Maestre Bel"?), que serían más tarde colgados en Guinea, el *master gunner* Nick Burton (¿Nicpat?) y el quartamaestre Dick[50]. La igualdad entre los nombres señalados en este interrogatorio y las de los recogidos en *Infortunios* es casi total, si aceptamos que el modo de hablar de Alonso Ramírez

50. López Lázaro, 2011, pp. 57-59.

pudo desfigurarlos levemente. El hecho en sí no pasaría del ámbito de lo conjetural, pese a la extraordinaria coincidencia, si no supiéramos además que fue en el *Good Hope* donde tuvo lugar el fracasado motín dirigido por dos holandeses, cuyos nombres –Cornelius Peterson y Hendrick– coinciden exactamente también con los señalados por Alonso Ramírez como líderes del motín – Cornelio y Enrique–, aunque los haga de nacionalidad inglesa y a renglón seguido coloque la noticia del sevillano renegado, Miguel, con la intención de evitar también que Galve o Sigüenza pudieran identificar esta historia. Ahondando en esto, el intento del carpintero Cornelius de involucrar a Alonso Ramírez es una muestra más de que el puertorriqueño –carpintero de ribera y, por tanto, artesano utilísimo en un barco– formaba parte de la tripulación del *Good Hope* y se conducía como uno más de ellos. Y una buena prueba de esto es que, en el interrogatorio que se siguió al abortado motín, su testimonio tuvo más credibilidad para los jefes piratas, cuando en principio era solo un prisionero, que el de Cornelius, un veterano componente de la tripulación. Además, ¿es creíble que si Alonso hubiera seguido siendo un prisionero los piratas le hubieran permitido disponer durante más de dos años de cautiverio de su esclavo, Pedro?[51].

Como hemos podido ver, Alonso Ramírez "compendió, simplificó y distorsionó la verdad"[52]. Así es que cuando llegamos al episodio de su liberación estamos seguros de que el protagonista está mezclando de nuevo acontecimientos diferentes, sometidos todos ellos a la verosimilitud narrativa y a la intencionalidad del mensaje hacia el destinatario (la tan mencionada ejemplaridad), y de que lo que en realidad ocurrió fue que hubo una liquidación de la compañía pirata, en que a Alonso le correspondió un valioso cargamento que no coincide ni por asomo con lo que a hurtadillas le dice el condestable Nicpat que le deja. Tampoco creemos que cuando volvió a América lo hiciera en esa errática travesía que nos cuenta a lo largo del capítulo V. Antes al contrario, pensamos

51. Ignorante de estos datos, ya señalé mi extrañeza por las diversas propuestas que recibe Alonso para que se una a los piratas y se convierta en uno de ellos en distintos momentos de su cautiverio, la consideración que tuvieron con él manteniéndole el esclavo, y el peso de su testimonio frente al de Cornelius, "siendo éste uno de los componentes de la tripulación corsaria". Véase Lorente Medina, 2008, p. 143.

52. López Lázaro, 2011, p. 65.

que lo hizo movido por su afán de obtener el máximo provecho de su cargamento.

El análisis que Buscaglia ha realizado de la misma muestra con claridad que Ramírez navegó por el arco de las Antillas como un experimentado marino, siguiendo los usos de los navegantes ingleses, y que es falsa su afirmación de que estaban "ignorantes de aquellos parajes"[53]. La deliberada omisión que lleva a cabo de la isla de Puerto Rico, tras haber entrado en el mar de las Antillas por las Islas Vírgenes, resulta muy esclarecedora. Sencillamente es imposible hacer ese itinerario en dirección a La Española sin toparse con la punta Este de Puerto Rico ni sin la necesidad de recorrer toda su costa meridional. Esto sin tener en cuenta la silueta del imponente monte del Yunque, que se ve a todo lo largo de la travesía y cuya presencia se percibe en días claros hasta a 70 kilómetros, que Alonso tuvo que ver muchas veces desde su San Juan natal. Suena también a excusa el no haber podido acercarse a La Española, cuando era una maniobra infinitamente más fácil que las que había tenido que hacer cuando se enfrentó a las terribles corrientes de los canales de Anegada y de La Mona, logrando sortear sin encallar los incontables bancos de arena y de piedra volcánica de las Islas Vírgenes. Asimismo, resulta curioso constatar que todos los lugares adonde llega –si exceptuamos Guadalupe– pertenecían a la Corona Británica. O el hecho de que saliera siempre a mar abierto cada vez que dejaba un enclave inglés, lo que nunca hubiera hecho un marino que anduviese perdido y sin saber dónde se encontraba, que jamás hubiera querido perder de vista la tierra.

Todas estas razones llevan a Buscaglia a afirmar que lo que realmente pretendía Alonso Ramírez era vender su botín en territorios ajenos al imperio español y no regresar a él –al menos de forma inmediata, hasta no disponer de suficiente dinero para "pasar la vida con descanso"– y que encaminó su rumbo hacia Stan Creek Town. Por eso no es extraño que encallara en un lugar alejado de los centros de decisión virreinales; una zona fronteriza de aguas someras, con extensos manglares que dificultaban su vigilancia y donde el peso de las autoridades coloniales estuviera suficientemente relajado; un lugar como Campeche, que fuera cobijo de contrabandistas y de piratas, próximo a grandes ciudades españolas con fuerte demanda. Tampoco resulta insólito el que, tras quedarse varado, caminara hacia el sur en dirección a Belice,

53. Buscaglia, 2011, pp. 49-55.

y no como dice en *Infortunios*, "sin ningún motivo especial", sino con un propósito claro. Esta es la verdadera razón por la que no recaló en Puerto Rico ni en La Española, una isla que le costó tres días rebasar. Con toda seguridad Alonso Ramírez recordaba la escasa vigilancia de la zona y su considerable vitalidad comercial de su época en que ayudó a intercambiar productos al comerciante oaxaqueño Juan López. Y la eligió para desembarcar su carga, porque en el fondo necesitaba encontrar aliados fiables que supieran vender un botín pirata[54], aunque desgraciadamente varó su fragata por arriesgar demasiado en su interés por conseguir el máximo de beneficios.

Este incidente dio al traste con sus planes y, posiblemente impelido por sus hombres, no tuvo más remedio que reincorporarse a la órbita del imperio español. Entonces mostró de nuevo su gran capacidad de adaptación y su considerable inteligencia nada más llegar a Tihosuco: se granjeó la amistad del sacerdote, don Cristóbal de Muros, que tan útil le resultaría después; logró el apoyo del poderoso encomendero don Melchor Pacheco, consiguió que el obispo de Mérida lo atendiese y, finalmente, obtuvo el patrocinio del virrey.

Es cierto que no todos le favorecieron. Don Ceferino de Castro, alcalde de Valladolid, comenzó a hacerse eco del rumor de que Alonso Ramírez era colaborador de corsario y que estaba implicado en contrabando y piratería, por lo que abrió una investigación en la que encontró más que razonables sospechas de que podía ser cierto el bulo que circulaba. En la bula de Cruzada encontró los argumentos de Derecho Canónico que le permitían apropiarse de la fragata y de su contenido, al poder aplicar por analogía la legislación existente contra infieles a heréticos y piratas. Además, el regalo de un cris malayo que Alonso Ramírez había hecho a don Melchor Pacheco venía a confirmar las sospechas de Ceferino de Castro sobre su connivencia con piratas, porque a todas luces resultaba altamente insólito que estos hubieran regalado un cris a un esclavo cautivo. El alcalde de Valladolid sabía que los crises eran objetos muy especiales, que pasaban como bienes hereditarios familiares, secretos y venerados[55]. Considerados poderosos amuletos

54. López Lázaro, 2011, p. 73. Con todo, me parece excesivo afirmar que fue a comunicarse con los herederos de Juan López, cuando no disponemos del más mínimo indicio de ello. Dicha argumentación no pasa a mi juicio de ser una conjetura insostenible.

55. Van Duren, 1998. y López Lázaro, 2011, p. 75.

protectores, estaban vinculados a un estatus noble y a un determinado papel político en los imperios marítimos del sudeste asiático. Y solo de forma muy excepcional se regalaban en señal de sumo agradecimiento. De modo que difícilmente lo habría podido obtener Alonso Ramírez fuera de una actividad pirática.

Cargado de argumentos legales, Castro prohíbe a Alonso Ramírez rescatar ni vender nada de lo que hay en la nave, alegando que la fragata y su contenido pertenecían a la Corona por la bula de Cruzada. Pero Alonso, disconforme con el trato que recibe, reacciona ante lo que considera un atropello, reclama justicia y presenta una petición formal de amparo al gobernador de Yucatán. Es aquí cuando entra en acción el cura beneficiado de Tihosuco, don Cristóbal de Muros, "a quien jamás pagaré dignamente lo que le debo y para cuya alabanza me faltan voces", en palabras del propio protagonista. ¿Pero qué es lo que hizo don Cristóbal de Muros como para que Alonso se considerara deudor e incapaz de cantar sus alabanzas? Con toda seguridad fue quien le sugirió que se apoyara en la bula *In Coena Domini* para contrarrestar la argumentación de don Ceferino de Castro. Por fortuna para Alonso, don Cristóbal de Muros era un licenciado universitario versado en legislación canónica y estaba personalmente empeñado en conocer y denunciar todos los ataques de piratas contra los españoles desde el Pacífico hasta el Mediterráneo, costeando un fondo "en defensa de su Majestad", organizado por el capellán de Mérida don Nicolás de Salazar, que quedó conmovido por los sufrimientos y la piedad de Alonso. Él fue quien le instó a que pasara la Semana Santa de 1690 en el santuario de Nuestra Señora de Itzamal recogiendo documentación legal necesaria para defenderse de las acusaciones del alcalde de Valladolid, aunque para entonces era evidente que el pleito se inclinaba a favor de Alonso Ramírez, como se desprende de sus propias palabras:

> Prosiguiendo don Ceferino de Castro en las comenzadas diligencias *para recaudar con el pretexto frívolo de la Cruzada lo que la Bula de la Cena me aseguraba en las playas y en lo que estaba a bordo*[56], quiso abrir camino

56. El realzado con cursivas es mío. Como ya señalaran Cummins y Soons, 1984, p. 85, nota 240, la bula de la Cena, promulgada por el papa Urbano VIII en 1627, condenaba a cualquier persona que se apropiara de los bienes de un cristiano cuya embarcación perdiese su curso o naufragara. López Lázaro, 2011, pp. 76-83, lleva a cabo una perfecta tipología de las diversas situaciones que se podían crear y pormenoriza la complejidad de su aplicación.

> en el monte para conducir a la villa en recuas lo que a hombros de indios no era muy fácil. Opúsosele el beneficiado don Cristóbal de Muros, previniendo era facilitarles a los corsantes y piratas que por allí cruzan el que robasen los pueblos de su feligresía, hallando camino andable y no defendido para venir a ellos. Llevome la cierta noticia que tuve de esto a Valladolid; quise pasar a las playas a ser ocular testigo de la iniquidad que contra mí y los míos hacían los que, por españoles y católicos, estaban obligados a ampararme y a socorrerme con sus propios bienes.

Como vemos por el párrafo anterior, Alonso Ramírez ya sentía asegurados legalmente la fragata y su cargamento, junto con lo que había dejado en las playas. Al parecer, don Ceferino de Castro también lo creía así y juzgó oportuno cometer la acción irregular que ofende considerablemente a Alonso. No obstante, son las prudentes observaciones de don Cristóbal de Muros las que dan cumplida respuesta a "tan injusta medida". Y son, en fin, sus recomendaciones las que persuaden a Alonso de volver a Mérida a que continúe su proceso de defensa, aunque ninguno de ellos podía sospechar que el mismo virrey de la Nueva España había tomado ya cartas en el asunto.

Es así como llegamos a la confección de la relación final conocida como *Infortunios*, con la que se anulaba definitivamente la acusación de don Ceferino de Castro, se reconocía a Alonso Ramírez como legítimo propietario "de lo que estaba en las playas, y hallaron a bordo" y se exigía a los ministros "que corrieron con el embargo" que "sin réplica ni pretexto" lo entregaran todo al náufrago puertorriqueño o a su podatario.

A partir de estos momentos la presencia de Alonso Ramírez se nos esfuma con la misma rapidez que había aparecido[57]. Con todo, nos queda el retrato con claroscuros que él mismo, con la ayuda inestimable de Sigüenza y Góngora, quiso dejarnos. De él se desprende un hombre de notable inteligencia, paciente, tenaz y vitalista, que participa del sistema de valores establecido en la sociedad colonial novohispana, lo sostiene con sus creencias y subraya con sus actitudes –prejuicios de hidalguía, fuerte religiosidad, piadosa ejemplaridad, prejuicios morales e intolerancia respecto del otro, justificación de la conquista de América

57. Desde luego no figura, como creí en 1996 (p. 175, nota 111) entre los catorce oficiales que acompañaban a Juan Enríquez Barroto, durante la campaña del Guarico, en el patache *Santo Cristo de San Román* (AGN Méx. *Reales Cédulas*, vol. XXIV; expediente 92, ff. 274-304).

por mor de la evangelización– la raigambre de su pensamiento criollo. Estas características, reales o inventadas y coincidentes en gran medida con el pensamiento de Sigüenza, favorecieron sin duda la compasiva intercesión de este ante el virrey y la elaboración definitiva de *Infortunios de Alonso Ramírez.*

2. Estrategias discursivas

Llegados a estas alturas nos asaltan numerosas dudas surgidas al calor de la lectura contextual de *Infortunios*: ¿por qué mintió Alonso al contarnos la fecha de su marcha a las Islas Filipinas? ¿Cuál es el nombre de la fragata en que se embarcó, que Alonso nunca aclara? ¿Cómo es posible que un experto marino como él confundiera el porte de unas fragatas de guerra (o, al menos, fuertemente artilladas) con las embarcaciones de carga de los capitanes Juan Bautista y Juan de Carballo? ¿Es creíble que Sigüenza no le preguntara nunca por los nombres de los barcos piratas que lo capturaron?[58] ¿Cómo es posible que Alonso, en su travesía por el Caribe, omitiera cualquier mención a la isla de Puerto Rico? ¿Cómo creer que no pudiera arribar a ningún puerto de La Española en los cuatro días que le costó rebasarla? ¿No es curioso que siendo las islas españolas las más grandes del Caribe Alonso no topara nunca con ninguna de ellas y entrara siempre en islas de dominio inglés o francés?

Estas distracciones, hasta cierto punto razonables desde la óptica de Alonso Ramírez, resultan cuando menos sospechosas desde la perspectiva de Sigüenza y Góngora, y cuestionan la veracidad intrínseca del relato. Solo son pertinentes si pensamos que Sigüenza, cuando escribe *Infortunios*, está actuando como un intelectual al servicio del virrey y que lo que pretende con él es presentarnos una visión edulcorada de la desventurada historia de Alonso Ramírez, al que presenta como un nuevo Job redivivo, que con su paciencia y su ferviente guadalupanismo hispano supo sobrevivir a tan "terribles" castigos y alcanzó finalmente a mover los duros corazones de los piratas. Es decir, si aceptamos que, bajo la forma de una relación oficial, Sigüenza nos está ofreciendo un

58. Ya sabemos que solo hubo un barco pirata, el *Cygnet*, y que ningún tripulante liberado confundió este barco con los de los capitanes Bautista y Carballo; pero así consta en *Infortunios* y por eso nos hacemos esta pregunta retórica.

discurso edificante a la manera de un sermón, explicitado en la vida de Alonso Ramírez, en donde subyace la vida de Job como modelo de conducta cristiana, tal y como vislumbrara con agudeza Francisco de Ayerra Santa María en su "Aprobación".

Es este un punto esencial para entender la elaboración de *Infortunios*. Sigüenza, despreocupado de la fidelidad de la relación a los hechos narrados, aliñó su discurso para encontrar "el hilo de oro" que lo guiara en el "laberinto enmarañado" de los múltiples rodeos que Alonso había construido para contar sus desventuras, y le permitiera dotar al libro de un halo de ejemplaridad, tan conveniente a los intereses del virrey y, de rechazo, a los del protagonista. A esto responden los diversos juicios con que el propio Alonso se recrimina. "Resolución indiscreta de mi estrella", "fatalidad de mi estrella" o "hallándome en el tribunal de mi propia conciencia, no solo acosado, sino convencido de inútil", son algunas de las expresiones que Sigüenza pone en boca de Alonso para justificar sus continuos fracasos vivenciales, a que aludimos unas páginas antes. Y el último de ellos, el del tribunal de su "propia conciencia" remite sin duda a la formación jesuítica de Sigüenza. De igual modo, la triple finalidad que se desprende del texto, *prodesse, delectare, movere*, en especial la última de las tres, sanciona el tono aleccionador del discurso, como adelanta el propio Sigüenza en la especie de "prólogo al lector" del párrafo inicial de *Infortunios*, y remite a una prédica lastimera:

> Quiero que se entretenga el curioso que esto leyere por algunas horas con las noticias de lo que a mí me causó tribulaciones de muerte por muchos años. Y aunque de *sucesos que solo subsistieron en la idea de quien los finge se suelen deducir máximas y aforismos* que, entre lo deleitable de la narración que entretiene, cultiven la razón de quien en ello se ocupa, *no será esto lo que yo aquí intente, sino solicitar lástimas* que, aunque posteriores a mis trabajos, harán por lo menos tolerable su memoria trayéndolas a compañía de las que me tenía a mí mismo cuando me aque[j]aban (p. 77)[59].

¿Cómo se manifiesta la *acoluthia* seguntina en el relato? De nuevo la "Aprobación" de Ayerra nos sitúa en la pista adecuada: con la "variedad

59. Quiero recordar de pasada, además de la finalidad de la obra subrayada en el texto con cursiva, algo que ya expliqué con más detenimiento en mi libro de 1996, pp. 184-185: la oposición de Sigüenza a las autobiografías ficticias y su distanciamiento de las narraciones picarescas o de aventuras.

de casos" y la "disposición y estructura de sus períodos". Una simple ojeada permite a cualquier lector percibir con nitidez la primera ordenación que Sigüenza lleva a cabo sobre la historia escrita de *Infortunios* en la división de la relación por capítulos y en el enunciado de cada uno de ellos. Esta intervención tiene por finalidad esclarecer las numerosas adversidades de Alonso, anticipando resumidamente los sucesos que se desarrollan a lo largo de cada uno de los capítulos concretos, por encima de las abundantes anécdotas narradas que podían entorpecer la comprensión de su lectura.

La segunda actuación de Sigüenza, fácilmente detectable, es la incorporación en el texto de la descripción meticulosa del itinerario seguido por el Galeón de Manila desde Acapulco hasta el puerto de Cavite, que se inicia en el párrafo final del capítulo primero con la localización geográfica y la descripción climática del puerto de Acapulco, y concluye en el párrafo quinto del capítulo segundo. El lector actual puede sorprenderse por la diferencia de estilo entre estos parágrafos y los del resto de la relación escrita. Pero hemos de recordar que las descripciones geográficas de lugares o itinerarios eran componentes estructurales ineludibles en toda relación de la época. A esta necesidad orgánica responde también la descripción náutica inserta por Sigüenza en *Infortunios*, cuya misión consiste en mostrar a los lectores ignorantes de los lugares o itinerarios descritos los profundos conocimientos del autor de la relación, como se encargaron de subrayar Sigüenza en la "Dedicatoria" al conde de Galve y Ayerra en su "Aprobación". La profusión de tecnicismos marinos y la exactitud de las coordenadas geográficas y demás datos ofrecidos por el sabio mexicano en estos párrafos parecen sacadas de un cuaderno de bitácora, o establecidas sobre una carta de navegación en la tranquilidad de un estudio, y no se compadecen con el resto del discurso narrativo de *Infortunios*. Es quizá, por eso, por lo que Cummins y Soons los publicaron indebidamente como "Apéndice" en su edición de 1984.

La intervención más importante de Sigüenza estuvo, sin duda, en la lima definitiva de la obra para eliminar en su confección pasajes inconvenientes y ofrecer una explicación que satisficiera los intereses del virrey. Esta operación se manifiesta permanentemente a lo largo de *Infortunios* en el estilo culto y comedido del discurso en que se expresa siempre Alonso Ramírez, impropio de un carpintero de ribera devenido marinero y sin especial formación. Expresiones como "deleitosa aguada", "lo incontrastable del Morro", "vehemencia de los huracanes procelosos", "advirtiendo consiguientes mis sucesos a aquel principio", "adonde no siempre se da acogida a la liberalidad generosa", o frases como "Lástima es grande el que no corran por el mundo grabadas a punta de diamante en láminas de oro las grandezas magníficas de tan soberbia ciudad", extraídas todas del capítulo primero, revelan un narrador universitario que utiliza profusamente la adjetivación ornamental y cuya prosa hiperbática es claramente deudora de la prosa latina de César y Cicerón, como corresponde a una personalidad como la de Sigüenza y Góngora. Y, desde luego, anulan hasta hacer desaparecer las posibles expresiones de un pobre marinero sin estudios, o las incorporan al discurso dominante de una relación que se atiene, en último término, a una exigencia oficial. Un lenguaje elevado, aunque escrito en "estilo suelto", donde se utiliza un modelo bíblico para la creación del personaje narrador-protagonista, como viera en 1690 Francisco de Ayerra y hemos anticipado unas páginas atrás.

La ejemplaridad que nos transmite la figura de Alonso Ramírez, teñida de dolor, desengaño y paciencia, está estrechamente relacionada con la vida de Job, el patriarca bíblico, al que tanto habían acudido diversos escritores hispanos auriseculares con distinta intensidad (Fray Luis de León, Santa Teresa, Cervantes, Espinel, Quevedo, Felipe Godínez o Calderón de la Barca)[60]. Si de todos ellos elijo el libro de Francisco de Quevedo *Constancia y paciencia del Santo Job en sus pérdidas, enfermedades y persecuciones*, es por dos razones: porque Quevedo, en su "Discurso previo, teológico, ético y político"[61], recoge la misma frase latina que Ayerra selecciona en su "Aprobación" a *Infortunios*, y con el mismo sentido (el ansia vehemente de Job porque se escribiesen sus historias y sus palabras); y porque la estructura que impone a su escrito político de base neoestoica, expresado en el ritmo trimembre de su título –"en sus pérdidas, enfermedades y persecuciones"– encaja com-

60. También Sigüenza había acudido seis años antes al Libro de Job para escribir la biografía de la madre Marina de la Cruz en *Parayso Occidental* (1684), y mostrar su obediente disposición a las decisiones de sus padres, esposos, confesores, preladas o al mismo Dios, y la paciencia con que soporta "las considerables quiebras de su caudal", su estado de desamparo e indigencia y los continuos ultrajes, pérdidas y humillaciones que sufre a lo largo de su vida y que sobrelleva con gusto por hacer lo que Dios le manda. Véase Lorente Medina, 1996, pp. 96-97.

61. Quevedo y Villegas, 1979, T. II, p. 1480.

pletamente con la "constancia y paciencia" con que Alonso Ramírez soporta sus penalidades.

La idea de pérdida, persistente en todo el texto de *Infortunios*, se despliega en el discurso escrito desde la primitiva imagen de un muchacho ingenuo hasta el retrato de un hombre desencantado, que ha sufrido incontables atropellos de los piratas que lo capturan, pero también la persecución de los suyos cuando se reincorpora a la órbita del imperio español, como amargamente se queja cuando contempla el expolio que están haciendo de su fragata "los que, por españoles y católicos, estaban obligados a ampararme y a socorrerme". Es un largo aprendizaje pesimista sobre el ser humano el que experimenta Alonso, quien no obstante mantiene siempre su constancia en la fe católica y en su hispanismo raigal. Es por eso, quizá, por lo que en sus peores momentos, como cuando el alcalde de Valladolid, don Ceferino de Castro, pretende incautarse de sus bienes, se limita a encogerse de hombros y a acordarse del renegado Miguel. Hitos de este aprendizaje son sus experiencias laborales en Puebla y México, el desdén de su pariente, don Luis Ramírez, regidor de Oaxaca, la mala suerte de su trabajo en Oaxaca, Soconusco y Guatemala con el mercader trajinante y la tacañería de sus herederos, y la muerte inesperada de su esposa en el primer parto, cuando parecía acariciarle la vida. Golpeado duramente en su desgracia, viudo y desesperado, Alonso marcha de México hacia Puebla, "para errarlo todo". Es el afligido final de un duro noviciado, que se inicia con su marcha de Puerto Rico, le lleva a perder la confianza en la vida y le impele a desterrarse a Filipinas:

> Desesperé entonces de poder ser algo y, hallándome en el tribunal de mi propia conciencia no solo acusado sino convencido de inútil, quise darme por pena de este delito la que se da en México a los que son delincuentes, que es enviarlos desterrados a las Filipinas (p. 84).

En su estancia en Cavite parecen renacer sus ilusiones, pese a que durante el viaje se muestra desengañado de "poder salir de su esfera". Pero la amenidad y riqueza del nuevo lugar, y la atracción del tráfico marítimo internacional le llevan a cambiar de oficio y aplicarse al de marinero. Es así cómo se hace experto navegante en los límites del imperio español, consigue suficientes beneficios que le hacen recuperar sus esperanzas y visita en estos tres años diferentes lugares del sureste asiático e Indonesia (Madrastapatán, Malaca y Batavia). Mas de nuevo la fortuna vuelve a golpearle: ejecutando una orden del gobernador de Filipinas, necesitado urgentemente de abastecimiento para la población, Alonso pierde cuanto había conseguido en tres años de navegación comercial y, lo que es más importante, su libertad, al ser capturado por piratas ingleses el cuatro de marzo de 1687.

Comienza un cautiverio de más de dos años, en el que vuelve a manifestarse la ejemplaridad "bíblica" del protagonista. Su resignación y estoicismo ante el dolor, la ortodoxia de sus creencias religiosas, y su fidelidad a la comunidad a que pertenece, le permiten soportar con infinita paciencia las numerosas fechorías de sus captores. Un vivo contraste con las actuaciones de estos, que, con sus tropelías, no parecen atenerse ni a los más elementales principios de humanidad ("sin rey, ni patria, ni obediencia") movidos solo por la codicia, la barbarie y la lujuria. El capítulo tercero de *Infortunios* constituye, desde esta óptica, el catálogo sistemático de las iniquidades cometidas por los piratas con las gentes de los lugares por donde pasan. Asesinatos alevosos, robos sin cuento y brutalidades insospechadas (entre los que hay que situar el episodio de antropofagia), calificados por un Alonso "sinceramente" horrorizado con expresiones como "nefanda crueldad", "abominable victoria" o "execrable traición". Y el capítulo cuarto, en estrecho paralelismo con el anterior, resulta un "compendio"[62] de las crueldades cometidas contra él y los suyos. La gradación de motivos evocados –"terribles" represalias por su engaño inicial, trabajos serviles continuos, desmesuradamente exagerados, a cambio de un sustento raquítico, gobierno del timón del barco en las turbonadas (con su consiguiente premio en azotes, si se rompía alguna vela), cicaterías inauditas en la cocina, bofetadas incesantes ante cualquier error suyo en el oficio de barbero, etc. Sigüenza, consciente del efecto producido en los lectores por tan larga enumeración de acciones, y procurando no incurrir "en la fea nota de pusilánime", de la que dice huir al comienzo de su relación, concluye con la escena de sadismo con la que todos los lunes se regocijaban los piratas obligando a Alonso y a sus compañeros a azotarse entre sí[63]:

---

62. No deja de ser curioso que Sigüenza utilice el vocablo 'compendio' (con lo que implica de resumen, recopilación o recapitulación) en ambos capítulos: en el tercero, dentro del epígrafe de su enunciado; y en el cuarto, cuando recuerda, junto a los suyos, las iniquidades sufridas.

63. Todavía insiste Sigüenza en relatar acciones truculentas, como muestra la escena de coprofagia, en que el capitán Bel obliga a Juan de Casas, en esos momentos

> Si quisiera especificar particulares sucesos me dilatara mucho, y con individuar uno u otro se discurrirán los que callo. Era para nosotros el día del lunes el más temido, porque haciendo un círculo de bejuco en torno de la mesana, y amarrándonos a él las manos siniestras, nos ponían en las derechas unos rebenques, y habiéndonos desnudado, nos obligaban con puñales y pistolas a los pechos a que unos a otros nos a[z]otásemos. Era igual la verg[ü]enza y el dolor que en ello teníamos al regocijo y aplauso con que lo festejaban (p. 116).

La siniestra escena anterior, acentuada con la antítesis final (vergüenza-dolor/regocijo-aplauso) que incrementa la humillación de los cautivos, pretende subrayar, como las anteriores, cuán abominables son los piratas ingleses. De ahí que nos sorprendamos al enterarnos al final del capítulo de que el responsable de tantas iniquidades sea Miguel, el español renegado que –dice– los acompañaba. Sorpresa que no lo es tal si recordamos que nos encontramos ante un relato "edificante", sino el corolario lógico que ensalza la virtud del protagonista y la firmeza de sus creencias religioso-políticas, en oposición a los vicios de Miguel: impío, pirata y hereje:

> Ilación es, y necesaria, de cuanto aquí se ha dicho, poder competir estos piratas en crueldad y abominaciones a cuantos en la primera plana de este e[j]ercicio tienen sus nombres, pero creo el que no hubieran sido tan malos como para nosotros lo fueron, si no estuviera con ellos un español, que se preciaba de sevillano y se llamaba Miguel. No hubo trabajo intolerable en que nos pusiesen, no hubo ocasión alguna en que nos maltratasen, no hubo hambre que padeciésemos, ni riesgo de la vida en que peligrásemos, que no viniese por su mano y dirección, haciendo gala de mostra[r]se impío, y abandonando lo católico en que nació por vivir pirata y morir hereje. Acompañaba a los ingleses, y era esto para mí y para los míos lo más sensible, cuando se ponían de fiesta, que eran las Pascuas de Navidad y los domingos del año, leyendo o rezando lo que ellos en sus propios libros. Alúmbrele Dios el entendimiento para que, enmendando su vida, consiga el perdón de sus iniquidades (p. 119).

Este párrafo resulta esencial en la construcción de un antimodelo de lo español, representado en el protagonista, y en la culminación de la serie de humillaciones sufridas por él. A la vez, viene a subrayar otro

---

enfermo, a beber los excrementos del capitán, "desleídos en agua", como si fueran medicina.

aspecto importante en las obras de Sigüenza y Góngora, que ha aparecido en *Infortunios* varias veces y en el que no hemos querido incidir hasta ahora: la intolerancia religiosa y política hacia el "otro"[64] que permea toda su discurso. Aparece por vez primera en el momento en que, tras ser capturado Alonso, es interrogado por los piratas[65] e, insatisfechos estos con su declaración, "repreguntan" a su contramaestre para comprobar la veracidad de lo dicho por él[66]. Así se enteran de que les ha engañado al afirmar que la isla de Capones está despoblada, cuando en realidad no solo está poblada, sino que hay un presidio militar en ella. La situación no tiene nada de extraño. Lo chocante no es que el contramaestre declare posiblemente coaccionado por los tormentos y amenazas de los piratas, sino que este lo haga, según Alonso, porque "por indio jamás se podría prometer cosa que buena fuese".

Es previsible que el episodio de promiscuidad sexual de los pulicondones (que describe el protagonista en el capítulo III) lo escandalizara notablemente. Al fin y al cabo un hecho como el relatado, la entrega voluntaria de sus hijas o mujeres a los piratas ingleses a cambio "de una manta o equivalente cosa", debía de repugnar realmente su mentalidad; de ahí que lo juzgara como "la más desvergonzada vileza que jamás vi". Con todo, su posible incomprensión de las costumbres de estos pueblos "bárbaros", que no obstante intenta explicar, hemos de verlas en su estricto sentido como el choque con otra cultura muy diferente de la propia, pero también como un ejemplo más de la insensibilidad y brutalidad de los piratas (superiores aun a las de los pulicondones), puesto que no solo se regocijaron durante cuatro meses largos de este "intercambio comercial" indigno, sino que, en el colmo

64. No quiero detenerme ahora en este aspecto. Al lector curioso le recomiendo las páginas que dedico en mi libro (1996) al *Trofeo de la Jvsticia Española en el Castigo de la Alevosía Francesa* (pp. 128-143) y todo el capítulo V: "Una literatura fundacional criolla" (pp. 201-217). Si observamos con atención, vemos que la propia antítesis con que se construye el título de *Trofeo de la Jvsticia Española* refleja indirectamente la mentalidad de Sigüenza y, de rechazo, la de su época.

65. Ya antes había aparecido de soslayo, cuando Alonso habla de que los holandeses, dueños de Malaca, permiten a moros y gentiles sus sacrificios, mientras niegan el "uso de la religión verdadera" a los "desvalidos católicos que allí han quedado".

66. Estamos analizando el discurso edificante compuesto por Sigüenza. Ya sabemos que esta escena no pudo tener lugar porque conocemos la identidad del contramaestre del *Aránzazu*, el oficial español Francisco Acosta, y su rango, muy superior al de Alonso Ramírez, un simple marinero.

de la ingratitud, la madrugada de su partida arrasaron el pueblo desprevenido y pasaron a cuchillo a todos sus habitantes, "aun a las que dejaban en cinta", con "grande regocijo". Y, no contentos con ello, culminaron esta alevosa acción con la escena brutal de antropofagia que narra Alonso, quien por su "debida repulsa" ante este hecho, es censurado por uno de los piratas de "español, y por el consiguiente cobarde". Esta escena resulta paralela, complementaria y, de algún modo, antitética de otra posterior que tiene lugar cuando, tras su estancia en Madagascar, nos enteramos de que los piratas habían pensado abandonarlo, junto con su tripulación, en esa isla y él, con múltiples ruegos, les convence de que no lo hagan ante la evidencia de la "barbarie" de los negros que la habitan. Su discurso debió de ser muy convincente en esta ocasión cuando le propusieron de nuevo que se uniera a ellos como un pirata más, aunque Alonso, firme en sus creencias, rechazara tal proposición con la excusa del temor "que les tenía a las balas". La similitud en el final de ambas escenas (en las dos se le tilda de "español, cobarde y gallina") sirve para evitar que el narrador continúe por esa pendiente, pero también para enardecer al lector hispano y conseguir su conmiseración.

Llegamos, así, al momento de su liberación, verdaderamente inaudita tras el retrato que el protagonista nos ha ido pintando de los piratas. Solo se puede aceptar si volvemos a recordar que nos encontramos ante un escrito moralizante, en el que subyace permanentemente el modelo bíblico con el que se ha construido *Infortunios*. La constancia y la paciencia de Alonso, parangonables con la del propio Job, consiguen por fin doblegar la brutalidad de los herejes e impíos piratas ingleses, hasta mover providencialmente sus corazones y permitir su liberación. Sigüenza, consciente, de la especial dificultad de que el lector acepte como creíble esta escena, coloca una advertencia al comienzo del capítulo, en la que se nos muestra a un Alonso persuadido de que el condestable Nicpat era "católico sin duda", y cuya finalidad estriba en prepararlo anímicamente para que admita el episodio de la liberación como algo posible y verosímil.

Las referencias a Nicpat y al quartamaestre Dick son indicios claros, si bien indirectos, de que en realidad Alonso tenía grandes apoyos entre la tripulación pirata. O eso parece revelar el hecho de que el condestable saliera como valedor suyo ante el capitán Bel en un asunto tan espinoso como el fallido motín de Cornelio y que cuando se despide de Alonso en el momento de la liberación le avise de todo lo que le ha dejado en la fragata "a excusas de sus compañeros"[67]. Así es que desconfiamos de que en verdad tuviera lugar la tensa escena de la discusión entre los piratas sobre qué hacer con Alonso y sus siete compañeros, como anticipamos en el apartado primero de este estudio. Y, desde luego, el discurso-arenga del capitán Donkin solo puede aceptarse –no creerse– si lo consideramos bajo el imperio del decoro poético con el que Sigüenza concreta el *movere* en los piratas, que en este párrafo se reconocen como degenerados, ladrones y asesinos. Una declaración increíble, y más si recordamos la larga asincronía subsiguiente en que compendia Alonso sus "trabajos pasados", sometida a los cánones de la ortodoxia religiosa, rayana en la intolerancia, que nos recuerda otras escenas escritas por Sigüenza, en las que la religiosidad y el nacionalismo político se aúnan en su discurso, como podemos ver en la alocución que profiere el sacerdote irlandés a los componentes de la Armada de Barlovento, que, tras haber derrotado a los franceses, se arrodillan ante él y le besan las manos con reverencia:

> No solo se le dio buen quartel a vn sacerdote clérigo Irlandés, que mostrando la corona lo pedía a vozes, sino a los que por estar al abrigo de su sombra, se les debía, y como vio que hincándose de rodillas aquellos esforzadísimos Españoles al reconocer su estado le besaban las manos con reverencia: "Cómo no havéis de vencer (les dixo) si excede vuestra piedad a vuestro valor en lo que hazéis conmigo; hacedlo así siempre con los vngidos de Dios, y correrá por cuenta de Dios, el que hagáis siempre con vuestros enemigos lo que hazéis ahora. Aunque no lo supiera de boca de los que havéis destrozado, bien reconosco sois españoles, porque vuestras acciones religiosas lo manifiestan"[68].

67. Es este un error de redacción de *Infortunios*. En el capítulo IV se nos dice que los piratas le han vaciado completamente la fragata, salvo lo que subrepticiamente le ha escondido el condestable Nicpat. Pero tres capítulos después Alonso detalla el importante cargamento para los intereses estratégicos del virrey que ha dejado en su varada embarcación, pero se olvida curiosamente de decirnos cómo llegó este cargamento al barco y cuándo se hizo con él.

68. Sigüenza y Góngora, 1928, pp. 201-202. También en la *Pyedad heroica de Don Fernando Cortés* Sigüenza subraya la extrema piedad del "invictíssimo héroe" por encima de su valor, con lo que lo hace superior incluso a Eneas. Como podemos ver, la exaltación de la piedad religiosa constituye un ideal grato a Sigüenza en su concepción político-cristiana, que se ve con claridad en el texto de *Trofeo de la Jvsticia Española* que hemos elegido arriba. Los ejemplos son abundantes. Para

Esta ortodoxia reaparece con claridad nada más ser liberados por los piratas, entre lágrimas de alegría y la enajenación transitoria que produce este hecho en el ánimo de Alonso y su tripulación, que, incrédulos por la nueva situación que están viviendo, creen estar soñando. Es en estos instantes cuando agradecen al cielo su "divina misericordia" e inmediatamente después, a la Virgen de Guadalupe, con un encomio verdaderamente extraordinario. La intensa devoción guadalupana de que hace gala el protagonista se plasma en la inverosímil escena en que, a hurtadillas, esconde el retrato de la Virgen en el tope del palo de arboladura; acción que se opone –en el plano del discurso– a la profanación efectuada por los piratas cuando, tras apresarlos, les despojan de los rosarios que llevaban en el cuello y los arrojan al mar.

Cabe preguntarse por la auténtica finalidad que persigue Sigüenza con la inserción de este párrafo. Sin descartar de plano la sinceridad de los sentimientos de Alonso, hemos de convenir que dicha afirmación pública de veneración mariana, en su vertiente mexicana, era grata a cualquier lector hispano de la época (peninsular o criollo), facultaba al protagonista para alejar cualquier sospecha de connivencia con los piratas y facilitaba a Sigüenza la transformación de la relación oficial en un discurso edificante que exculpara definitivamente a Alonso Ramírez. Quizá por ello, dos capítulos después el autor vuelve a relatar otra escena en que la intervención de la Virgen de Guadalupe resulta providencial para la vida de Alonso. Tiene lugar en Yucatán en un momento en que, desorientados y exánimes Alonso y los suyos, invocan a la patrona de México, "más con los afectos que con las voces, por sernos imposibles articularlas", para que los socorra en trance tan apretado y les envíe el agua salvadora. No habían acabado de realizar su súplica cuando "cayó un aguacero tan copioso sobre nosotros que, refrigerando los cuerpos y de[j]ándonos en el cayuco y en cuantas vasijas allí teníamos provisión bastante, nos dio las vidas". El tono casi milagroso del relato, reforzado con la frase "Bien sabéis Madre y Señora mía amantísima el que así pasó", recuerda otras escenas maravilloso-edificantes que Sigüenza introduce en *Parayso Occidental* y guarda cierto paralelismo con el episodio bíblico del maná y de la lluvia reparadora que Torcuato

---

más información, Lorente Medina, 1996, pp. 111-113; 117; 135-138 y 201-217.

Tasso hace caer en el campo de los cristianos (*Gerusalemme Liberata*, canto XIII, vv. 74-80), como ya observó Cristina Barbolani en 1987[69].

Dueño Alonso Ramírez de su libertad, pero perdido aparentemente en el Atlántico, inicia su regreso al punto de partida (la ciudad de México) sin más orientación que las recomendaciones de los piratas de que "gobernase siempre entre el oeste y el noroeste, donde hallaría españoles"[70]. En su ardua travesía de 52 días Alonso recupera el protagonismo que había perdido al final del capítulo II y se erige en líder indiscutible de su grupo, movido siempre por la caridad y la paciencia cristianas. En todo momento prevalece su preocupación por las tribulaciones de su tripulación por encima de las suyas propias y acepta resignado las decisiones de los demás, aunque violenten las suyas, bien porque piense que en el fondo tienen razón los suyos, como en la caso de la isla de Guadalupe, cuando expresan sus temores a que "por ser de color y no ser españoles los harían esclavos"; o bien porque entienda el pavor de estos ante la sola perspectiva de ver ingleses ("les faltaba el espíritu y se quedaban como azogados largo rato").

Definitivamente varado en un islote aledaño de las costas de Yucatán, él es quien arriesga su vida por conseguir que los demás lleguen a tierra firme; él quien, "posponiendo mi riesgo al alivio y conveniencia de aquellos míseros", sube al barco por dos veces al día siguiente para aprovisionarse de todo lo que necesitaban para sobrevivir en tan estéril lugar; él quien, ayudado por Juan de Casas, saca hasta las armas y las municiones; y él, en fin, quien decide la dirección de la marcha del grupo. Su actividad y dinamismo contrastan con la quietud y pusilanimidad de su tripulación, a excepción de Juan de Casas (otro español). Y siempre realiza sus acciones "haciendo actos fervorosos de contrición", o encomendándose "con todo afecto a María Santísima de Guadalupe". En este sentido, el protagonismo de Alonso desde que recupera la libertad es absoluto, pero está invariablemente signado por la piedad cristiana: piedad para con sus compañeros; piedad para con los

69. Barbolani, 1987, pp. 281-288. Para este punto concreto, p. 283.
70. Ya adelantamos en la primera parte de este trabajo que hay por parte de Alonso un deliberado intento de aclarar que su navegación por el Caribe está determinada por la incertidumbre y el desconocimiento, resaltando en todo momento su ignorancia de la zona y de los lugares que avista con expresiones como "se descubrió una isla y al parecer grande", "descubrí una isla grandísima, alta y montuosa", o "me acerqué a una isla grande", tan abundantes en el capítulo V.

indios que captura; o piedad para consigo mismo. Con ella Sigüenza subraya en el texto la actuación modélica del protagonista; actuación que se incrementa con la aparición de la segunda calamidad anunciada en el trimembre del título quevedesco, a que aludimos hace unas páginas: las enfermedades.

Con la meticulosidad cronológica que lo caracteriza a lo largo del relato, Alonso recuerda cuidadosamente su largo mes y medio de penurias, perdido con su grupo en la península yucateca y expuesto a la insalubridad del lugar y las distintas adversidades que le sobrevienen: sed continua, hinchazones perniciosas, accidentes fortuitos, calenturas y muertes. A todas ellas se sobrepone con paciencia y resignación cristianas, sin olvidarse nunca de reconfortar con palabras piadosas a su gente, especialmente a los moribundos, ni de exhortar a los restantes para que recobren sus ánimos, pese a encontrarse él en peores condiciones desde que se hiere accidentalmente con "un cartucho de a diez". Al final, postrado por la calentura, imagina su muerte a manos de los "cruelísimos habitadores" de la Florida, cuando, en un encuentro fortuito con los siervos indios de Juan González, le informan de que se encuentra en la costa de Bacalar y en la provincia de Yucatán.

Poco después llegan el desconfiado encomendero y los componentes de la tripulación de Alonso, felices al saberse incorporados definitivamente a la órbita del imperio hispano. Así concluye el capítulo VI, pero no las desgracias de Alonso. Y no solo porque otro accidente fortuito con su escopeta le inutiliza por unos días para la acción, y una riada "improvisa" lo deja hambriento, sin bastimentos y en una situación límite, sino porque ya repuesto física y espiritualmente en Tihosuco, gracias a las piadosas disposiciones de su beneficiado, don Cristóbal de Muros, y camino de Valladolid le sobreviene la tercera de las calamidades sufridas por Job: las persecuciones. En este caso, la persecución a que lo somete la justicia española, representada en la figura del alcalde de Valladolid, don Ceferino de Castro, y subsidiariamente del gobernador de Yucatán, don Juan José de la Bárcena.

Conviene matizar la visión negativa que Alonso (y Sigüenza) da de su estancia en Yucatán, como ya aclaré en 1996. La llegada de un grupo de náufragos tan heterogéneo como el formado por Alonso y su gente (dos españoles, dos filipinos, un indio malabar, un indio pangasinán y un negro mozambiqueño), el alto valor estratégico del cargamento que había en la fragata, las increíbles historias que los vecinos vallisoletanos y emeritenses oyen de boca de Alonso, la terrible experiencia de las depredaciones de Grammont y Lorencillo, sufridas unos años antes por los yucatecos, y el sigilo con que se preparaba la expedición punitiva de la Armada de Barlovento a Haití eran razones más que suficientes para levantar muchas sospechas. Todo abonaba los recelos y la desconfianza de las autoridades yucatecas[71]. Por eso es razonable que quisieran informarse seriamente de la personalidad real de estos extraños supervivientes y que llevaran a Alonso de Valladolid a Mérida "con la misma velocidad con que yo huía con mi fragata cuando avistaba ingleses".

Aún en estos momentos, el texto de *Infortunios* mantiene la antítesis de probidad/mezquindad entre los diversos personajes que intervienen en el contencioso yucateco. La piadosa ejemplaridad de don Cristóbal de Muros y de don Juan Cano y Sandoval (obispo de Mérida), que se nos presentan como modelos de conducta por el protagonista (y por Sigüenza) contrasta con el egoísmo de los emeritenses y con el interés y la codicia de don Ceferino de Castro, y tiene por misión predisponer al lector en favor de Alonso Ramírez. Quizá por eso, al final de tan "lastimosa" peregrinación, su fidelidad, su constancia y su paciencia son recompensadas por la intercesión compasiva de Sigüenza y Góngora ante el virrey y por la piadosa largueza de este, concretada en diversos decretos, todos ellos favorables para su vida y su provecho, que parecen dar fin definitivamente a sus calamidades.

3. La lengua de *Infortunios*

No quiero concluir esta introducción sin referirme, siquiera someramente, a algunas características esenciales de la lengua en *Infortunios*. Su texto es un ejemplo paradigmático del estado en que se encontraba la lengua española a finales del siglo XVII a un lado y otro del Atlántico, aunque con pequeños matices que le conceden un sesgo americano. Se manifiesta, en primer lugar con unos usos de los signos ortográficos distintos a los que hoy imperan en el español estándar. Su acentuación, diferente de la actual, carece de tilde para la mayor parte de las palabras que en nuestros días la llevan y utiliza tres acentos diversos –circunfle-

71. Desconfianza que favoreció sin duda la impunidad con que actuó el alcalde de Valladolid, don Ceferino de Castro hasta que el virrey, por generosa intercesión de Sigüenza, la neutraliza con sus disposiciones finales.

jo, grave y agudo– que hoy se reducen a uno: el agudo. Los dos puntos suelen aparecer con valor de punto y seguido o de punto y coma. De ahí la confusión que podemos observar en ciertas ediciones modernas sobre la colocación de uno u otro signo. Este es el caso, por citar algún ejemplo, de la edición de Cummins y Soons (y en menor grado de la de Buscaglia), que siempre lo escriben como punto y seguido, normalmente con buen criterio, o de la de Castro y Llarena, que optan por utilizar punto y coma más veces de lo conveniente.

Otro rasgo que encontramos con frecuencia en la *editio princeps* es la colocación de coma entre sintagmas que no exigen su empleo, bien porque no hay pausa alguna, o bien porque implican un mínimo de pausa fonética que no se corresponde con la necesidad de pausa ortográfica. Aunque es un rasgo ortográfico suficientemente conocido para cualquier lector de la literatura aurisecular hispana, no me resisto a entresacar algunos ejemplos que lo ilustran: "tendrá patrocinio, y merecimiento"; "maestro de alarife, y de arquitectura"; "noche pesada, y triste del sinsabor"; "tiene de hermoso, y seguro"; "cabos del Engaño, y del Bojeador"; "portugueses de Macao, y Goa"; "empuñadura de oro, y diamantes"; "su pundonor, y honra"; "con la paciencia, y cariño"; "repetidas súplicas, y promesas"; "hacer agua, y leña"; o "con puñales, y pistolas".

Infortunios contiene multitud de abreviaturas, fácilmente inteligibles (V. M., Exmo. V. EXª, C. S., B. L. M. de U. EXª, q') hoy día. Destacan de manera especial todas las que presentan signo de nasalidad, como co[*n*]veniencia, co[*m*]pañeros, deá[*n*], surgiero[*n*], viole[*n*] cia, dá[*n*]doles, capitá[*n*], oche[*n*]ta o sié[*n*]doles. En cambio, carece de diéresis para las palabras que hoy lo requieren, como Sig[ü]enza, verg[ü]enza, ping[ü]e o antig[ü]edad[72].

A lo largo del texto nos encontramos indistintamente con las grafías bilabiales /b/v/ ("descrívelos", "governador", "governar", "embergue", "haver", "escrivir"), o la vocal /u/ con valor consonántico ("nauíos", "Uídele", "Uestra", "hauiendo"), frente a la /v/ con valor vocálico ("vna", "vtilidad", "civdad", "infortvnios", "pverto"), como es sabido, cuando va entre consonantes o delante de consonante. El seseo y el ceceo, tan frecuentes en el español de América y de ciertas regiones de España como Andalucía y Canarias, aparecen en *Infortunios* con rotundidad, confundiéndose en el discurso la interdental sonora o sorda (/z/,

72. El resalte en cursivas es siempre mío.

/c/, /ç/, e indefinición entre estas) con la sibilante sorda o sonora (/s/, /ss/): "escaces", "rosaron", "açotes", "consilia", "Salamea", "Seclavín", "jusgo", "chusos", "cosina", "gazas", "brizas", "pescosones", "blasonaron", "cocer", "contrabrasas" o "piesa".

Otro tanto ocurre con el doble sonido ks (de /x/), que se convierte en sibilante (/s/) ante consonante: "estremo", "escusar", "estraños", "estendiese". Asimismo, hay indeterminación entre este doble sonido y el sonido velar fricativo sordo (/j/ o /g/): "dexar", "dixo", "caxas", "afixa", "exercicio", "conduxesen", "baxo", "Boxeador" o "floxera". En este sentido, el máximo de confusión lo encontramos en el vocablo "Fénix", que aparece escrito con grafía interdental ("Feniz"), lo que, a su vez, conlleva su vacilación fonética correspondiente (/z/-/s/). En relación con el sonido velar, conviene también señalar que mantiene la indefinición /J/-/I/ sobre nombres propios: "Iuan"/"Juan", y "Iava". Igualmente la /i/ latina intercambia a veces su aparición ("Iucatán", "embryón", "oygan") con la /y/ griega, o, como vocal átona, con la /e/: "labiryntho"; "percebí", "recebí", "mesmo", "Zephirino" (o "Ziphirino").

La fidelidad de Sigüenza y Góngora a las formas etimológicas le lleva a mantener la grafía latinizante /ch/ para la oclusiva, sorda, velar /k/, en vez de la grafía actual /c/ en palabras como "Christiandad", "christiano", o "Christóval". Del mismo modo conserva las grafías latinizantes /ph/ por /f/ y /th/ por /t/ en nombres como "Geographía", "Philosophía", "Hidrographía", "Philipinas", "cosmógrapho", "cathedrático" o "Mathemáticas", y en vocablos que hoy son arcaísmos[73], pero que en su época resultaban más correctos que la acepción usada actualmente: "proprio" por "propio", "celebro" por "cerebro", "cómmodo" por "cómodo" o "perficionar" por "perfeccionar". Quizá responda también a esa misma actitud la transcripción de ciertos nombres de lugar (Huaxaca, Syncapura, Borney, Camboja, Ytzmal o Ytzamal). Ahondando en esto, Sigüenza (o el impresor) usa en demasía del nombre propio

73. Otros arcaísmos, en cambio, como "cudicia", "cudicioso", "mesmo", "añidir", "vide" o "vídele", ya lo eran en tiempos de Sigüenza; y otros, como "fator" o "fatoría", si bien los recoge el *Diccionario de Autoridades*, remiten ya a los actuales "factor" y "factoría" como sus primeras acepciones. Es cierto que en este último caso lo que se produce es una oscilación del grupo consonántico culto /ct/ por t, de sentido contrario al del adjetivo "cómmodo" situado en el lugar de los arcaísmos latinizantes. Incluso se registra un solo caso de metátesis lingüística /ld/ por /dl/ ("dalde") tan frecuente en el Siglo de Oro.

para sustantivos comunes. En unos casos, con el fin de mostrar respeto a cierta relevancia social (virrey, alcaldes, gobernadores, capitanes, escribanos); respeto gráfico que hoy se ha perdido. Pero los más son accidentes geográficos o meteorológicos, profesiones, gentilicios, barcos, o nombres de frutas: carpinteros, mercaderes, maestros, españoles, franceses, holandeses, armenios, malayos, macasares, sangleyes, puerto, piragua, navío, champán, junco, colonia, ciudad, vendaval, punta, patria, genio, corsantes o bonga aparecen escritos con su letra inicial en mayúscula.

Como es usual en la época, la *editio princeps* de *Infortunios* conserva separados la preposición (/a/ o /de/) y el artículo determinado /el/ y no utiliza nunca el artículo contracto correspondiente. En cambio, usa de la contracción en alguna palabra del tipo "desta". En cuanto a sus adjetivos numerales, difiere también de las variantes vigentes. En relación con los cardinales compuestos, recoge siempre la forma analítica original que denota su valor (diez y siete, veinte y cinco), como forma correcta en los siglos XVII y XVIII, frente a la variante sintética actual ("diecisiete", "veinticinco"), que no fue incorporada por la Real Academia Española hasta principios del siglo XIX; y conviene recordar que se han mantenido ambas formas como aceptables desde entonces hasta bien avanzado el siglo XX. Igualmente elige para los cardinales "doscientos" y "trescientos" las variantes "docientos" y trecientos", recogidas por el *Diccionario de Autoridades*, que remiten a sus étimos latinos *duecenti* y *trecenti*, ya que doscientos no fue incorporado por la RAE hasta 1791[74], y trescientos no lo fue hasta 1837.

Unas páginas más arriba adelantamos que el texto de *Infortunios* revela un estilo elevado y culto, pleno de cultismos y de recursos literarios como el hipérbaton, la antítesis, la anáfora, la bimembración, el símil y una adjetivación abundante con tendencia a la anteposición al sustantivo. Son recursos frecuentes que asaltan con profusión a cualquier lector atento, por lo que no me voy a detener en ellos. Tampoco pretendo un análisis exhaustivo de la lengua del texto original. Con todo, me parece necesario referirme a dos rasgos sintácticos fundamentales en la composición de su discurso narrativo: la enorme cantidad de párrafos que comienzan con ablativos absolutos, o cuya construcción

74. En realidad el primero que recogió la variante "doscientos" fue Terreros y Pando (1786), t. I., y remitió para su aclaración a la variante canónica en su siglo: "ducientos".

se sustenta sobre la base de participios concertados en gerundio; y la omisión frecuente del nexo copulativo [que] para unir dos verbos, tan usual en el español vigente.

El primer rasgo, la abundancia de párrafos que comienzan con ablativos absolutos o que están regidos por participios concertados en gerundio, muestra la raigambre clásica de la sintaxis de Sigüenza y Góngora, y el influjo que tienen sobre ella la prosa de César, o el estilo epistolar de Cicerón, en los que el verbo principal aparece al final de la oración. Los casos son numerosos y no es cuestión de describirlos pormenorizadamente ahora. Baste con citar algunos ejemplos esclarecedores:

> *Sabiendo* ser yo la persona a cuyo cargo venía la embarcación, *cambiándome* a la mayor de las suyas, me recibió el capitán con fingido agrado.
>
> *Armadas* las piraguas con suficientes hombres, fueron a tierra.
>
> *Desembarazadas* esta y las dos primeras de lo que llevaban, le dieron fuego.
>
> *Fiándose*, pues, en un práctico de aquel estrecho (...), *ayudándoles* la brisa y corrientes cuanto no es decible, con banderas holandesas y bien *prevenidas* las armas para cualquier acaso, *esperando* una noche que fuese lóbrega, se entraron en él con desesperada resolución.
>
> *Turbados* ellos mucho más sin comparación que lo que yo lo estaba, lo mismo fue verme que arrodillarse.
>
> *Sabiéndose*, porque yo se lo había dicho a quien lo preguntaba, ser esclavo mío el negrillo Pedro, *esperando* uno de los que me había examinado a que estuviese solo, *llegándose* a mí y *echándome* los brazos al cuello, me dijo así[75] (...).

El segundo rasgo, la omisión del nexo copulativo [que], se da en las oraciones subordinadas sustantivas con oficio de complemento directo. Es un procedimiento usual de la literatura española del Siglo de Oro en los escritos propios del estilo "suelto", especialmente dentro del género epistolar, que todavía podemos encontrar en las cartas y en las ordenanzas militares. Consiste en omitir dicha ilación por considerarla incorrecta y hacer uso del recurso denominado "asíndeton epistolar"[76]. Sigüenza usa este recurso con generosidad en *Infortunios* (diecisiete veces). A continuación explicito algunos ejemplos:

---

75. El subrayado es mío.
76. Martín Baños, 2005, p. 602.

Supe también habían estado en isla Marianas (...).
Creo hubiera sido imposible (...).
Pero asegurándome tenía ya convencidos (...).
Juzgando me la enviaba Dios (...).
Que presumirían había muerto yo a los dueños (...).
Diciendo tenía orden de don Ceferino de Castro (...).
Y disponiendo bajase a la Veracruz (...).
Y que dijésemos éramos marineros voluntarios (...).

4. Conclusión

Los estudios recientes han constatado que todos los personajes aparecidos en esta relación son reales e históricamente verificables. Hoy sabemos que Alonso Ramírez suplantó la personalidad del capitán Ferrer; que fue apresado por un solo barco, el *Cygnet*; que se unió voluntariamente a los piratas; que estuvo en dos barcos piratas diferentes en distintos momentos y que eso ha distraído a la crítica mundial durante más de un siglo; que olvidó decirnos sus nombres para evitar ser descubierto y que Sigüenza –¿y el virrey?– permitió el engaño; que los nombres de los piratas que recordó son los del segundo barco pirata en que anduvo Alonso Ramírez, el *Good Hope*, un buque ignorado por las autoridades españolas; que en este barco tuvo lugar el motín fallido de Cornelio; que conocía a Melchor Pacheco antes de llegar a Yucatán o, al menos, sabía de él por los tratos que había tenido la familia de Poblete con el encomendero yucateco; que el beneficiado de Tihosuco fue fundamental en el desarrollo del pleito con don Ceferino de Castro, y un sinfín de motivos más que ahora no pretendo repasar. Quedan por comprobar algunos datos, como la localización de los dos alféreces del capítulo VII, que hay que situar en el AGI o en el AHN de México; o esclarecer el significado exacto, dentro del argot marinero, del sintagma "fragata de una cubierta", para conciliar la disparidad aparente entre los distintos documentos. Pero, en lo esencial, se puede seguir históricamente el curso de los acontecimientos narrados en *Infortunios*.

Por otra parte, el análisis literario de la relación permite analizar las intervenciones directas de Sigüenza, teniendo siempre presente que el decoro con que está escrito el texto y su estilo denotan que la elaboración final fue obra exclusiva suya, como reflejan los abundantes cultismos y latinismos insertos en el texto, su riqueza léxica, el tono ejemplarizante que se desprende del discurso, expresado en numerosas expresiones lastimeras o adoctrinadoras de Alonso, y el uso de procedimientos sintácticos tomados de la prosa latina clásica de César o Cicerón, como la multitud de frases que se inician con el uso del ablativo absoluto o con participio concertado. Recursos y procedimientos que muestran que en la intervención final de la relación escrita Alonso se limitó a suministrar "el asunto para escribirla", como afirmó Sigüenza y Góngora en su "Dedicatoria" al virrey.

5. Bibliografía

Alsedo y Herrera, Dionisio de, *Piraterías y agresiones de los ingleses y de otros pueblos de Europa en la América Española desde el siglo XVI al XVIII deducidas de las obras de Dionisio de Alsedo y Herrera*, ed. de J. Zaragoza, Madrid, Imprenta de Manuel G. Hernández, 1883.

Avsoni, D. Magni, *Opera*, Amstelodami, apud Ioannes Blaeu, 1671.

Barbolini, Cristina, "Notas sobre unos afortunados «*Infortunios*»", *DICENDA. Cuadernos de Filología Hispánica*, 6, 1987, pp. 281-288.

Beristáin de Souza, José Mariano, *Biblioteca Hispanoamericana Septentrional*, Ciudad de México, Universidad Nacional Autónoma de México, 1980 (Biblioteca del Claustro, Serie Facsimilar 1-3; edición facsimilar de la de 1821).

Biblia latina cum glossa ordinaria, Strasbourg, Adolf Rusch, 1480-1481.

Buscaglia, José F., "Introducción", en Sigüenza y Góngora, C. de, *Infortunios de Alonso Ramírez*, Madrid, CSIC/Ediciones Polifemo, 2011.

Calmet, Agustín, *Historia del antiguo y nuevo testamento de los judíos*, Madrid, Imprenta de la Administración del Real Arbitrio, 1806 (2ª edición).

Carriazo Ruiz, José Ramón, "El término fragata en el paso del español clásico al moderno", *Revista de Lexicografía*, V, 1998-1999, pp. 33-44.

COMTE DE FORBIN, *Memoires du Comte de Forbin, Chef d'Escadre Chevalier de l'Ordre Militaire de Saint Loüis*, A Amsterdam, Chez François Girardi Imprimeur et Libraire, M.DCC.XXIX, t. I.

CRUYSE, Dirk van der, *Louis XIV et le Siam*, Paris, Fayard, 1991.

CUMMINS, J. S., "«*Infortunios de Alonso Ramírez*»: A Just History of Fact?", *Bulletin of Hispanic Studies*, 61, (3), 1984, July, pp. 295-303.

DAMPIER, William, *A New Voyage Round the World*, London, Argonaut Press, 1927.

FERNÁNDEZ, Martha, *Cristóbal de Medina Vargas y la arquitectura salomónica de la Nueva España durante el siglo XVIII*, Ciudad de México, Universidad Nacional Autónoma de México, 2002.

FERNÁNDEZ DE NAVARRETE, Manuel, *Colección de documentos y manuscritos compilados por Fernández de Navarrete*, Nendeln/Madrid, Kraus-Thomson Organization/Museo Naval, 1971.

GARCÍA BERNAL, María Cristina, *La sociedad en Yucatán 1700-1750*, Sevilla, Escuela de Estudios Hispano-Americanos, 1972.

– *Población y encomienda en Yucatán bajo los Austrias*, Sevilla, Escuela de Estudios Hispano-Americanos, 1978.

GARCÍA DEL PINO, César, *El corso en Cuba. Siglo XVII*, La Habana, Ed. Ciencias Sociales, 2001.

HARING, Clarence Henry, *The Buccaneers in the West Indies in the XVII Century*, Hamden, Archon, 1966.

LAPESA, Rafael, *Historia de la lengua española*, Madrid, Escélicer, 1968.

JARAMILLO, Antonio, *Diario de las Novedades de Filipinas desde Junio de 1686 [h]asta el de 87*, Ms. 9/2688, Leg. 2, nº 122 de la Real Academia de la Historia de Madrid.

LOHMANN VILLENA, Guillermo, *Las defensas militares de Lima y Callao*, Sevilla, Escuela de Estudios Hispano-Americanos, 1958.

LÓPEZ LÁZARO, Fabio, "La mentira histórica de un pirata caribeño: El trasfondo histórico de los *Infortunios de Alonso Ramírez* (1690)", *Anuario de Estudios Americanos*, 64, 2007, pp. 87-104.

– "Introductory Study" a *The Misfortunes of Alonso Ramírez. The True Adventures of a Spanish American with 17Th-Century Pirates*, Austin, University of Texas Press, 2011.

Lorente Medina, Antonio, *La prosa de Sigüenza y Góngora y la formación de la conciencia criolla mexicana*, Madrid, FCE/UNED, 2006.

– "Luces y sombras de Alonso Ramírez", en *Rebeldes y aventureros: del Viejo al Nuevo Mundo*, ed. de H. R. Cortés, E. Godoy y M. Insúa, Madrid/Frankfurt a. M., Iberoamericana/Vervuert, 2008, pp. 133-147.

– *Realidad histórica y creación literaria en las sátiras de Juan del Valle y Caviedes*, Madrid/Salamanca, UNED/Universidad de Salamanca, 2011.

– "*Infortunios de Alonso Ramírez* a la luz de los nuevos descubrimientos", en *Por lagunas y acequias. La hibridez de la ficción novohispana*, ed. de Trinidad Barrera, Bern, Peter Lang, 2013, pp. 293-323.

Martín Baños, Pedro, *El arte epistolar en el Renacimiento europeo*, Bilbao, Universidad de Deusto, 2005.

Menéndez Pidal, Ramón, *Manual de gramática histórica española*, Madrid, Espasa-Calpe, 1941.

Mora, Carmen de, *Escritura e identidad criollas. Modalidades discursivas en la prosa hispanoamericana del siglo xvii*, Amsterdam/New York, Editions Rodopi, 2001.

Pérez Mallaína, Pablo Emilio/Torres, Bibiano, *La Armada del Mar del Sur*, Sevilla, Escuela de Estudios Hispano-Americanos, 1987.

Quevedo y Villegas, Francisco de, *Obras completas*, Madrid, Aguilar, 1979 (6ª reimpresión), vol. II, pp. 1476-1541.

Rosa-Nieves, Cesáreo, *Francisco de Ayerra Santa María, poeta puertorriqueño, 1630-1708*, San Juan, Editorial Cordillera, 1983.

Sigüenza y Góngora, Carlos de, *Infortvnios/ qve/ Alonso Ramírez/ natvral de la Civdad de S. Juan/ de Pverto Rico/ padeciò, assi en poder de Ingleses Piratas que lo apresaron/ en las Islas Philipinas/ como navegando por si solo, y sin derrota, hasta/ varar en la Costa de Iucatan:/ Consiguiendo por este medio dar vuelta al Mundo///*, Ciudad de México, Herederos de la Viuda de Bernardo Calderón, 1690 (P).

– *Infortunios de Alonso Ramírez*, Madrid, P. Vindel, 1902 (Vi).

– *Infortunios de Alonso Ramírez*, London, Tamesis Texts, 1984. Edición anotada de James S. Cummins y Alans Soons (C-S).

– *Seis obras*, Caracas, Biblioteca Ayacucho, 1984, pp. 5-47. Prólogo de I. A. Leonard, ed. de W. Bryant.

– *Infortunios de Alonso Ramírez*, Río Piedras, Comisión Cultural Puertorriqueña para el Quinto Centenario del Descubrimiento de América, 1990. Edición modernizada y facsimilar a cargo de Estelle Irizarri (I).

– *Infortunios de Alonso Ramírez*, Las Palmas, Universidad de Las Palmas de Gran Canaria, 2003. Estudio preliminar y edición anotada de Belén Castro y Alicia Llarena (C-Ll).

– *Infortunios de Alonso Ramírez*, Doral, Stockcero, 2011. Breve prólogo y edición de Asima F. X. Saad Maura.

– *Infortunios de Alonso Ramírez*, Madrid, CSIC/Editorial Polifemo, 2011. Importante estudio preliminar y edición profusamente anotada de José F. Buscaglia (BU).

– *Obras*, México, Bibliófilos Mexicanos, 1928.

– *Piedad heroyca de Don Fernando Cortés, Marqués del Valle*, Madrid, José Porrúa, 1960.

Teixeira, Manuel, *Portugal na Tailandia*, Macau, Imprenta Nacional, 1983.

– *Os militares en Macau*, Macau, Imprenta Nacional, 1976.

Tenorio, Martha Lilia, *De panes y sermones: el milagro de los "panecitos" de Santa Teresa*, México, El Colegio de México, 2001.

Van Duuren, David, *The Kris: An Earthly Approach to a Cosmic Symbol*, Amsterdam, Koninklijk Instutuut voor de Tropen Pictures Publishers, 1998.

Varela Villafranca, Diego, "Descubriendo quién son y cuál eran: un caso de discordancia coloquial", en *Homenaje a Juan Díaz de Atauri*, ed. de José Antonio Pascual, Madrid, Sesgo Ediciones, 2008, pp. 241-251.

Vetancurt, Avgvstín de, *Teatro Mexicano. Descripción breve de los svcessos exemplares, históricos, políticos, militares, y religiosos del nuevo mundo Occidental de las Indias (...)*, México, Doña María Benavides Viuda de Iuan de Ribera, 1698.

ABREVIATURAS

AGI = Archivo General de Indias (Sevilla).
AGN = Archivo General de la Nación (México D. F.).
AHM = Archivo Histórico de Macao (China).
AHN = Archivo Histórico Nacional (Sección Nobleza, Toledo).

6. Nota previa

El texto que editamos es una versión modernizada de la *editio princeps* (México, 1690), existente en la Hispanic Society, cuyo facsímil reprodujo Estelle Irizarri en 1990. Por ello hemos regularizado la acentuación, la ortografía y la puntuación de acuerdo con las normas vigentes establecidas por la RAE. Hemos eliminado comas innecesarias y sustituido los numerosos dos puntos de la primera edición por sus equivalentes diacríticos actuales (punto y seguido o punto y coma). Asimismo, hemos suprimido las abundantes abreviaturas y las grafías o vocablos latinizantes que en tiempos de Sigüenza gozaban de prestigio, pero hoy resultan arcaísmos. En cambio, hemos colocado diéresis allí donde era necesario.

En cuanto al artículo contracto, hemos optado siempre por la forma sintética actual ("al", "del") frente a la forma analítica antigua ("a el", "de el"). Y lo mismo hemos hecho respecto de los numerales cardinales, "diecisiete" o "veinticinco", frente a "diez y siete" o "veinte y cinco", o las formas clásicas "docientos", "trecientos", prefiriendo las actuales "doscientos", trescientos". De igual forma hemos regularizado las numerosas vacilaciones gráficas del texto original, explicadas unas páginas antes, y los diversos nombres de lugar, aunque el lector interesado puede ver con claridad cuáles eran las variantes originales, ya que siempre hemos entrecorchetado la grafía correcta actual y hemos especificado en nota a pie de página cuál es la grafía que registraba la edición primera.

Con todo, mantenemos dos rasgos sintácticos del primitivo texto de *Infortunios*, porque los hemos considerado peculiaridades específicas de la prosa de Sigüenza y Góngora: la omisión del [que] en las oraciones completivas por el uso del asíndeton epistolar, que ya estudiamos un poco más arriba; y la utilización del pronombre relativo "quien" en oraciones cuya concordancia interna exige la forma actual del plural ("quienes"), como corrigen Belén Castro y Alicia Llarena[77] en su edición de 2003. Aparece en las frases siguientes: "nos mandaron a mí y a los míos, de *quien* únicamente se recelaban"; y "sentía no tener bastantes compañeros de *quien* valerme para matarlos". Aquí hemos optado por mantener la forma antigua porque la alteración del pronombre relativo "quien" por su plural actual "quienes" hubiera supuesto ignorar que hasta el siglo XVI el pronombre relativo "quien" era invariable para singular y plural, y que el plural analógico, "quienes", que surge entonces, tropezaba con grandes resistencias entre los escritores del siglo XVII, que lo consideraban inelegante[78].

Junto a la *editio princeps* (P), hemos cotejado la segunda edición, de Madrid, 1902, (Vi); la de Cummins y Soons (C-S) y la de Bryant (BR), ambas de 1984; la de Estelle Irizarri (I), de 1990; la de Castro y Llarena (C-Ll), de 2003; y la de Buscaglia (BU), de 2011. Todas ellas figuran en la Bibliografía antecedente, por lo que no las detallamos ahora.

Para las abundantes notas explicativas hemos tenido siempre a mano los diccionarios siguientes:

Diccionario de Autoridades 1726-1739, Madrid, Editorial Gredos, 1990.

Diccionario de la lengua española, Madrid, RAE, 2011.

Diccionario marítimo español, Madrid, Imprenta Real, 1831.

HOSTOS, Adolfo de, *Diccionario histórico-bibliográfico comentado de Puerto Rico*, Barcelona, Pareja, 1976.

SANTAMARÍA, Francisco J., *Diccionario de Mexicanismos*, México, Porrúa, 1974 (2ª ed.).

Madrid, marzo de 2015

77. C-Ll, 2003, pp. 191 y 197.
78. Menéndez Pidal, 1941, p. 211; Lapesa, 1968, p. 254; y Varela Villafranca, 2008, pp. 241-242.

INFORTVNIOS QVE ALONSO RAMIREZ

NATVRAL DE LA CIVDAD DE S. JUAN DE PVERTO RICO

padeciò, assi en poder de Ingleses Piratas que lo apresaron en las Islas Philipinas

como navegando por si solo, y sin derrota, hasta varar en la Costa de Iucatan:

Consiguiendo por este medio dar vuelta al Mundo

DESCRIVELOS

D. Carlos de Siguenza y Gongora

Cosmographo, y Cathedratico de Mathematicas, del Rey N. Señor en la Academia Mexicana.

CON LICENCIA EN MEXICO
por los Herederos de la Viuda de Bernardo Calderon: en la calle de S. Agustin. Año de 1690.

INFORTVNIOS

QVE

ALONSO RAMIREZ[1]

NATVRAL DE LA CIVDAD DE S. JUAN

DE PVERTO RICO

padeciò, assi en poder de Ingleses Piratas que lo apresaron

en las Islas Philipinas

como navegando por si solo, y sin derrota, hasta

varar en la Costa de Iucatan:

Consiguiendo por este medio dar vuelta al Mundo

DESCRIVELOS

D. Carlos de Siguenza y Gongora

Cosmographo, y Cathedratico de Mathematicas

Del Rey N. Señor en la Academia Mexicana.

CON LICENCIA EN MEXICO

Por los Herederos de la Viuda de Bernardo Calderon: en la calle de

S. Agustin. Año de 1690.

1. Transcribo fielmente la portada original, manteniendo, en lo posible, sus tipos de letra, su tamaño y el orden de sus renglones.

AL EXCELENTÍSIMO SEÑOR D. GASPAR DE SANDOVAL, CERDA, SILVA Y MENDOZA

Conde de Galve, gentilhombre (con ejercicio) de la cámara de Su Majestad, comendador de [Z]alamea[2] y [Ce]clavín en la Orden y caballería de Alcántara, alcaide perpetuo de los Reales Alcá[z]ares, puertas y puentes de la ciudad de Toledo y del castillo y torres de la de León, señor de las villas de Tórtola y Sacedón[3], virrey, gobernador y capitán general de la Nueva España, y presidente de la Real Chancillería[4] de México, etc.

Si suele ser consecuencia de la temeridad la dicha, y es raro el error a que le falta[5] disculpa, sobrábanme[6], para presumir acogerme al sagrado[7] de Vuestra Excelencia, estos motivos a no contrapesar en mí (para que mi yerro sea inculpable) cuantos aprecios le ha merecido a su comprehensión delicada sobre discreta la *Libra Astronómica y Filosófica*[8], que, a la sombra del patrocinio de Vuestra Excelencia, en este mismo año entregué a los moldes. Y si al relatarlos en compendio quien fue el paciente, le dio Vuestra Excelencia gratos oídos, ahora que en relación[9]

---

2. P: Salamea y Seclavín. Es la primera muestra de seseo –y de la confusión ortográfica entre la interdental (c/z/ç) y la sibilante (s)– que ofrece el texto de 1690. No lo vuelvo a aclarar, pero sí incluyo entre corchetes siempre la letra cambiada.
3. Todos los lugares indicados como señoríos del conde de Galve, con la excepción de la ciudad de León y la villa de Zalamea de la Serena (Badajoz), tienen en común estar situados en la línea estratégica defensiva del Tajo, desde Galve de Sorbe, Tórtola de Henares y Sacedón, en el alto Tajo (Guadalajara), Toledo, en su curso medio, hasta Ceclavín en Cáceres, próximo ya a la frontera con Portugal.
4. Chancillería: audiencia; tribunal superior de justicia.
5. Vi, BR y BU: la falta. El texto dice lo contrario: que es raro el error al que le falta disculpa; es decir, que casi todos los errores tienen fácil disculpa.
6. Vi y BR: sóbranme.
7. BU: corrige como "agrado", sin advertir que sagrado, metafóricamente, significa "recurso o sitio que asegura de algún peligro", y que "acogerse al sagrado" ya es una expresión común en la época sin que denote específicamente un lugar sagrado, como aclara el *Dic. Aut.*
8. Famosa obra de Sigüenza y Góngora, que recoge su *Manifiesto filosófico contra los cometas, despojados del Imperio que tenían sobre los tímidos*, escrito para tranquilizar a la virreina y la polémica cometaria que dicho manifiesto suscitó en México, con motivo de la aparición del Gran Cometa, entre Sigüenza, de una parte, y D. Martín de la Torre, José Escobar y Salmerón, y el padre Kino, de otra.
9. Es la primera ocasión en que se define el género de esta obra como 'relación', que

más difusa se los represent[o][10] a los ojos, ¿cómo podré de[j]ar de asegurarme atención igual? Cerró Alonso Ramírez en México el círculo de trabajos[11] con que, apresado de ingleses piratas en Filipinas, varando en las costas de Yucatán en esta América, dio vuelta al mundo. Y condoliéndose Vuestra Excelencia de él cuando los refería, [¿]quién dudará el que sea objeto de su munificencia en lo de adelante, sino quien no supiere el que, templando Vuestra Excelencia con su conmiseración su grandeza, tan recíprocamente las con[c]ilia que las iguala, sin[12] que pueda di[s]cernir[13] la perspicacia más lince cuál sea antes en Vuestra Excelencia lo grande, heredado de sus progenitores excelentísimos, o la piedad connatural de no negarse, compasivo, a los gemidos tristes de cuantos lastimados la solicitan en sus afanes[?][14]. Alentado, pues, con lo que de esta veo cada día prácticamente, y con el seguro de que jamás se cierran las puertas del palacio de Vuestra Excelencia a los desvalidos, en nombre de quien me dio el asunto para escribirla, consagro a las aras de la benignidad de Vuestra Excelencia esta peregrinación lastimosa, confiado desde luego, por lo que me toca, que en la crisi[s][15] altísima que sabe hacer con espanto[16] mío de la Hidrografía y Geografía del mundo, tendrá patrocinio y merecimiento, etc.

Besa[17] las manos de Vuestra[18] Excelencia,

D. Carlos de Sig[ü]enza y Góngora

---

vuelve a repetirse, solo en los preliminares, en la "Aprobación" y en la "Suma de licencias". A pesar de ello, la crítica mundial, interesada por mostrar *Infortunios* como una obra de ficción, ha desestimado siempre esta filiación genérica.

10. P: representò. En cuanto al adjetivo "difusa" de la relación, quiere decir "demasiado dilatada y superabundante de palabras y digresiones".
11. Trabajos: aquí penalidades, tormentos, infortunios.
12. I: fin. Confunde algunas veces la ese alta con la efe.
13. P: dicernir.
14. Tanto en P como en I falta el signo de interrogación final.
15. P y C-S: crisi.
16. Espanto: asombro, admiración.
17. P: B. L. M. de U. Exa; BU: Beso.
18. C-S: Su.

APROBACIÓN DEL LICENCIADO D. FRANCISCO DE AYERRA SANTA MARÍA[19], CAPELLÁN DEL REY NUESTRO SEÑOR EN SU CONVENTO REAL DE JESÚS MARÍA[20] DE MÉXICO

Así por obedecer ciegamente al decreto de Vuestra Señoría, en que me manda censurar la relación de los *infortunios de Alonso Ramírez*, mi compatriota, descrita por D. Carlos de Sig[ü]enza y Góngora, cosmógrafo del Rey Nuestro Señor, y su catedrático[21] de Matemáticas en esta Real Universidad, como por la novedad deliciosa que su argumento me prometía, me hallé empeñado en la lección de la obra. Y si al principio entré en ella con la obligación y curiosidad, en el progreso, con tanta variedad de casos, disposición y estructura de sus períodos, agradecí como inestimable gracia lo que traía sobrescrito[22] de estudiosa tarea. Puede el sujeto de esta narración quedar muy desvanecido de que sus infortunios son hoy dos veces dichosos. Una, por ya gloriosamente padecidos, que es lo que encareció la musa de Mantua[23] en boca de Eneas en ocasión semejante a sus compañeros troyanos: "Forsa[m][24] et haec olim meminisse iuvabit[25]"; y otra porque le cupo en suerte la pluma de este Homero (que era lo que deseaba para su César Ausonio[26]: "Romanusque tibi conting[i]t Homerus"), que al embrión de la

19. Francisco de Ayerra Santamaría: puertorriqueño egregio, afincado en México, donde desarrolló su labor como licenciado en Derecho Canónico, poeta y humanista. Capellán del convento de Jesús María, Sigüenza y Góngora le dedicó en *Triunfo Parthénico* el encendido elogio que motivó el secuestro de esta publicación. Al lector interesado le aconsejo el libro de Cesáreo Rosa-Nieves, 1963.
20. La historia de las vidas de las monjas de este convento sirvió a Sigüenza para exaltar la religiosidad criolla y ofrecer, a la vez, un modelo de conducta femenino, expresados en *Parayso Occidental*, 1684.
21. P: Recordemos que P siempre escribe con mayúscula los títulos y que mantiene las grafías latinizantes (Cosmographo, Cathedratico y Mathemáticas).
22. P: Sobreescrito. En la actualidad, sobrescrito; aquí "lo escrito sobre otra cosa".
23. El poeta Virgilio.
24. P: Forsan.
25. *Eneida*, I, 203: "Quizá hasta os complacerá alguna vez recordar estos esfuerzos".
26. Tanto Vi como I escriben Antonio. P: contingat; BU: contignat. Ya C-S, C-Ll y BU pensaron que en este texto Ayerra parafraseaba un verso del epigrama que Ausonio dedicó a "Augusto" (si es que no es una errata de imprenta). Forma parte de las palabras finales del "Epigrama I" de Ausonio, en las que el poeta exhorta a Aquiles para que esté alegre, puesto que es ensalzado de nuevo por un

funestidad confusa de tantos sucesos[27] dio alma con lo aliñado de sus discursos, y al lab[e]rinto[28] enmarañado de tales rodeos halló el hilo de oro para coronarse de aplausos. No es nuevo en las exquisitas noticias y laboriosas fatigas del autor lograr con dichas cuanto emprende[29] con diligencias; y, como en las tablas de la geografía [e][30] hidrografía tiene tanto caudal adquirido, no admiro que saliese tan consumado lo que con estos principios se llevaba de antemano medio hecho. Bastole tener cuerpo la materia para que la excediese con su lima la obra. Ni era para que se quedase solamente dicho lo que puede servir escrito para observado[31]; pues esto reducido a escritura se conserva y aquello con la vicisitud del tiempo se olvida, y un caso no otra vez acontecido es digno de que quede para memoria estampado. "Quis mihi tribuat, ut scribantur sermones mei? Quis mihi det, ut exarentur in libro stylo ferreo, vel saltem sculpantur in silice?"[32]. Para eternizar Job lo que refería, deseaba quien lo escribiera, y no se contentaba con menos de que labrase en el pedernal el buril[33] cuanto él había sabido tolerar: "dura quae[34] sustinet, non vult per silentium tegi (dice la Glosa) sed exem-

extraordinario poeta. El verso completo reza: "Rursum: Romanusque tibi contingit Homerus" (*Opera*, 1671, p. 43). Y su traducción es: "Hasta un Homero romano te canta".

27. I: tanto suceso.
28. P: labiryntho. Y un poco antes, embryon, utilizando la /y/ con valor vocálico por /i/.
29. I: comprende.
30. P: y Hidrographia. Suprimo siempre la cacofonía, tan usual en textos auriseculares.
31. BU: observarlo.
32. P y las restantes ediciones salvo BU: *scilice*, que es una banalización a partir de *silice*. *Libro de Job*, 19:24-24: "¿Quién me concedería que se escribiesen mis palabras? ¿Quién me otorgaría que se grabaran en un libro con un punzón de hierro, o por lo menos que se esculpiesen en una piedra?". La cita presenta ciertas variantes textuales y de acentuación respecto del texto más extendido de la *Vulgata*, pues omite "et plumbi lammina", sustituye "certe" por "saltem" e introduce signos de interrogación en lugar de signos de exclamación (*Vulgata*, ed. Crítica de Stuttgart, 1969). Esta frase era muy conocida en la época. La utiliza, entre otros, Francisco de Quevedo con valor político en su "Discurso previo, teológico, ético y político" (p. 1480), en *La constancia y paciencia del santo Job en sus pérdidas, enfermedades y persecuciones*, 1979, t. II, pp. 1476-1541.
33. Buril: instrumento puntiagudo de hierro que sirve para grabar las piezas de metales preciosos (oro, plata, cobre).
34. I: quoe. Texto de la *Glosa ordinaria a la Vulgata*, presente en la *Biblia latina cum*

plo ad notitiam pertrahi". Este *Quis mihi tribuat* de Job halló (y halló cuanto podía desear) el sujeto en el autor de esta relación que, para noticia y utilidad común, por no tener cosa digna de censura, será muy conveniente que la eternice la prensa. Así lo siento, salvo etc. México, 26 de junio de 1690.

D. Francisco de Ayerra Santa María

SUMA DE LICENCIAS

Por decreto del[35] excelentísimo señor virrey, conde de Galve, etc., de 26 de junio de este año de 1690, y por auto que el señor doctor D. Diego de la Sierra[36], etc., juez provisor y vicario general de este Arzobispado, proveyó este mismo día, se concedió licencia para imprimir esta Relación.

---

glossa ordinaria, 1480-1481, Pars II, f. 206 r. "Quien soporta estas adversidades, no quiere que sean cubiertas por el silencio, sino que salgan a la luz como ejemplo".

35. P: de el. Modernizamos siempre con la contracción.
36. Diego de la Sierra fue canónigo durante el arzobispado de Aguiar y Seijas. Actuó también como juez provisor y vicario en la "Aprobación" de la *Carta Athenagórica*.

Infortunios de Alonso Ramírez
etc.

Capítulo i[1]

Motivos que tuvo para salir de su patria. Ocupaciones y viajes que hizo por la Nueva España[2]. Su asistencia en México hasta pasar a las Filipinas

Quiero que se entretenga el curioso que esto leyere por algunas horas con las noticias de lo que a mí me causó tribulaciones de muerte por muchos años. Y aunque de sucesos que solo subsistieron en la idea de quien los finge se suelen deducir máximas y aforismos que, entre lo deleitable de la narración que entretiene, cultiven la razón de quien en ello se ocupa, no será esto lo que yo aquí intente, sino solicitar lástimas que, aunque posteriores a mis trabajos, harán por lo menos tolerable su memoria trayéndolas a compañía de las que me tenía a mí mismo cuando me aque[j]aban[3]. No por decir esto estoy tan de parte de mi dolor que quiera incurrir en la fea nota de pusilánime; y así, omitiendo menudencias que a otros menos atribulados que yo lo estuve pudieran dar asunto de muc[h]as[4] quejas, diré lo primero que me ocurriere, por ser en la serie de mis sucesos lo más notable.

Es mi nombre Alonso Ramírez y mi patria la ciudad de San Juan de Puerto Rico, cabeza de la isla que, en los tiempos de ahora con este

---

1. Hay que aclarar que en P no figura capítulo y que la cifra romana va siempre detrás del enunciado.
2. BU: De su asistencia. Y la define como estancia, cuando asistencia significa "razón de su presencia por su empleo".
3. Como aclara el narrador-protagonista, su relación se opone a lo que desarrollan las obras de ficción.
4. P: mucas.

nombre y con el de Borriquén[5] en la antig[ü]edad,[6] entre el Seno Mexicano[7] y el mar Atlántico divide términos. Hácenla célebre los refrescos[8] que hallan en su deleitosa aguada[9] cuantos desde la Antigua navegan sedientos a la Nueva España, la hermosura de su bahía, lo incontrastable[10] del [M]orro que la defiende, las cortinas y baluartes coronados de artillería que la aseguran; sirviendo aun no tanto esto, que en otras partes de las Indias también se halla, cuanto el espíritu que a sus hijos les reparte el genio de aquella tierra sin esca[s]ez a[11] tenerla privilegiada de las hostilidades de corsantes[12]. Empeño es este en que pone a sus naturales su pundonor y fidelidad, sin otro motivo, cuando es cierto que la riqueza que le dio nombre por los veneros de oro que en ella se hallan[13], hoy por falta de sus originarios habitadores[14] que los trabajen y por la vehemencia con que los huracanes procelosos[15] ro[z]aron los árbo[les][16] de cacao que, a falta de oro, [a]provi[s]ionaban[17] de lo necesario a los que lo traficaban y, por el consiguiente, al resto de los isleños, se transformó en pobreza.

Entre los que esta había tomado muy a su cargo fueron mis padres, y así era fuerza que hubiera sido, porque no lo merecían sus procederes; pero ya es pensión[18] de las Indias el que así sea. Llamose mi pa-

5. También conocida como Boriquén, Borique, Buriquén o Burrichen, como corrupción castellana del vocablo arahuaco. Desde mediados del siglo XIX se impuso el uso de Borinquén (o Borinquen).
6. P: antiguedad.
7. Seno Mexicano: nombre del mar Caribe en la época colonial.
8. Refresco: alimento moderado para reponerse y continuar el trabajo.
9. Aguada: aquí sitio oportuno en tierra para proveerse de agua dulce y conducirla a bordo. Hacer aguada es llenar en tierra los barriles con el agua dulce y conducirlos a los aljibes de la bodega de un barco.
10. Incontrastable: invencible, inexpugnable. P: del morro.
11. BU: al.
12. Tanto Vi (que lo hace en numerosas ocasiones, por lo que no voy a especificarlas) como I hacen punto y aparte. En cuanto al significado de corsantes, es los que van al corso, como corsarios y piratas.
13. BU: hallaban.
14. BU: habitantes.
15. Procelosos: tormentosos, tempestuosos.
16. P: arbo, por error de impresión.
17. P: provisionaban. Las demás ediciones, salvo BU: provisionaban.
18. BU: el precio de vivir en las Indias. Y metafóricamente se puede entender así.

dre Lucas de Villanueva[19], y aunque ignoro el lugar de su nacimiento, cónstame, porque varias veces se lo oía[20], que era andaluz. Y sé muy bien haber nacido mi madre en la misma ciudad de Puerto Rico, y es su nombre Ana Ramírez, a cuya cristiandad le debí en mi niñez lo que los pobres solo le pueden dar a sus hijos, que son consejos para inclinarlos a la virtud. Era mi padre carpintero de ribera, [e][21] impúsome (en cuanto permitía la edad) al propio[22] ejercicio, pero reconociendo no ser continua la fábrica[23] y temiéndome no vivir siempre, por esta causa, con las incomodidades que, aunque muchacho, me hacían fuerza, determiné hurtarle el cuerpo a mi misma patria para buscar en las ajenas más conveniencia[24].

Valime de la ocasión que me ofreció para esto una urqueta[25] del capitán Juan del Corcho[26], que salía de aquel puerto para el de La Habana, en que, corriendo el año de 1675 y siendo menos de trece años los de mi edad, me recibieron por paje[27]. No me pareció trabajosa la ocupación, considerándome en libertad y sin la pensión de cortar madera; pero confieso que, tal vez presagiando lo por venir[28], dudaba

---

19. P: Villa-nueva. Sobre la posible ascendencia judía del padre de Alonso Ramírez, interesan Irisarri, 1990, pp. 37-49 y Lorente, 1996, pp. 174 y 186.
20. I y BU: se le oía decir. El error lleva a Buscaglia a pensar que Alonso no conoció a su padre, olvidando que fue precisamente este quien le "impuso" en el oficio de carpintero de ribera, que es el oficial que trabaja en las fábricas de los navíos.
21. P: y impusome. De acuerdo con las normas actuales, elimino siempre la cacofonía, que era usual en los textos auriseculares.
22. P: proprio. Aunque modernizo, no quiero dejar de advertir que "proprio" es la acepción que recoge el *Dic. Autoridades* como correcta frente a la actual, que ha perdido su clara vinculación etimológica latinizante, no obstante recogerla todavía el *DRAE*.
23. Fábrica: aquí, la producción (en el fondo, el trabajo).
24. Conveniencia: utilidad, beneficio, aprovechamiento.
25. Urqueta: pequeña fragata de carga, construida a propósito. Si era del estado, solía ir artillada.
26. Juan del Corcho: en realidad Juan Corso, o Juan Miguel Corso (Giovanni Michele). Tuvo patente de corso de los gobiernos de Yucatán y de La Habana por Real Cédula del 22 de febrero de 1674 con el fin de contrarrestar las actividades piráticas europeas en el Caribe, como ha demostrado BU, basándose en el libro de García del Pino, 2001, pp. 189-191 y en diversos documentos expurgados por él.
27. Paje: muchacho destinado en las embarcaciones a la limpieza y aseo, con vistas a convertirse, primero en grumete y luego, en marinero.
28. BR, I, SM y BU: porvenir.

si podría prometerme algo que fuese bueno, habiéndome valido de un corcho para principiar mi fortuna. Mas, [¿]quién podrá negarme que dudé bien, advirtiendo consiguientes mis sucesos a aquel principio? Del puerto de La Habana (célebre entre cuantos gozan las islas de Barlovento, así por las conveniencias que le debió a la naturaleza, que así lo hizo, como por las fortalezas con que el arte y el desvelo lo h[an][29] asegurado) pasamos al de San Juan de Ulúa en la tierra firme de Nueva España, de[30] donde, apartándome de mi patrón, subí a la ciudad de la Puebla de los Ángeles, habiendo pasado no pequeñas[31] incomodidades en el camino, así por la aspereza de las veredas que desde Xalapa corren hasta Perote[32], como también por los fríos que, por no experimentados hasta allí, me parecieron intensos. Dicen los que la habitan ser aquella ciudad inmediata a México en la amplitud que coge, en el desembarazo[33] de sus calles, en la magnificencia de sus templos y en cuantas otras cosas [h]ay que la asemejen a aquella. Y ofreciéndoseme (por no haber visto hasta entonces otra mayor) que en ciudad tan grande me sería muy fácil el conseguir conveniencia grande, determiné, sin más discurso[34] que este, el quedarme en ella, aplicándome a servir a un carpintero para granjear[35] el sustento en el ínterin que se me ofrecía otro modo para ser rico.

En la demora de seis meses que allí perdí experimenté mayor hambre que en Puerto Rico y, abominando la resolución indiscreta de abandonar mi patria por tierra adonde[36] no siempre se da acogida a la liberalidad generosa, haciendo mayor el número de unos arrieros, sin considerable trabajo me puse en México. Lástima es grande el que no corran por el mundo grabadas a punta de diamante en láminas de oro las grandezas magníficas de tan soberbia ciudad. Borrose de mi memoria lo que de la Puebla aprendí como grande desde que pisé la

29. P, Vi, C-S, BR, I, C-Ll y SM: lo ha asegurado. El sujeto doble (arte y desvelo) exige hoy tercera persona del plural, como edita BU.
30. BR: Nueva España, donde.
31. Vi, BR, C-Ll: pocas.
32. Alonso se refiere a la aspereza de las sierras de Perote, en el camino entre Xalapa y Puebla, en el estado de Veracruz.
33. Lo despejado de sus calles.
34. Discurso: aquí, razonamiento.
35. Granjear: ganar.
36. Vi, C-Ll: a donde.

calzada, en que por la parte de mediodía[37] (a pesar de la gran laguna sobre que está fundada) se franquea a los forasteros. Y siendo uno de los primeros elogios de esta metrópoli la magnanimidad de los que la habitan, a que ayuda la abundancia de cuanto se necesita para pasar la vida con descanso que en ella se halla, atribuyo a fatalidad de mi estrella haber sido necesario ejercitar mi oficio para sustentarme. Ocupome Cristóbal de Medina[38], maestro de alarife y de arquitectura, con competente salario en obras que le ocurrían[39], y se gastaría en ello cosa de un año.

El motivo que tuve para salir de México a la ciudad de Oaxaca[40] fue la noticia de que asistía en ella, con el título y e[j]ercicio honroso de regidor, D. Luis Ramírez[41], en quien, por parentesco que con mi madre tiene, afiancé, ya que no ascensos desproporcionados a los fundamentos tales cuales en que estribaran[42], por lo menos alguna mano para subir un poco; pero conseguí después de un viaje de ochenta leguas el que, negándome[43] con muy malas palabras el parentesco, tuviese necesidad de valerme de los[44] extraños por no poder sufrir despegos sensibilísimos por no esperados. Y así me apliqué a servir a un mercader trajinante que se llamaba Juan López. Ocupábase este en permutar con

37. P: medio dia.
38. P: Christoval de Medina. Modernizamos siempre los nombres. En cuanto al personaje, es suficientemente conocido por cualquier lector de Sigüenza. Él fue quien le construyó el alero en su aposento del hospital del Amor de Dios; él quien derribó los tabiques la noche del motín de 1691, en medio del incendio, para que Sigüenza pudiera salvar los libros fundacionales de la ciudad de México. El propio Sigüenza, en su testamento, ruega que se le pague el dinero que todavía se le adeudaba. Para más información, véase Fernández, 2002.
39. Le ocurrían: le llegaban; le sobrevenían y a las que él concurría.
40. P: Huaxaca, siempre. No lo repito.
41. López Lázaro, 2011, p. 173, documenta el nombramiento de regidor en Oaxaca, en favor de D. Luis Ramírez de Aguilar, el 9 de marzo de 1677, así como otros importantes puestos, en una relación de servicios de 1689. Buscaglia, 2011, p. 129, que también lo documenta, ha mostrado que era dueño de varias haciendas en las inmediaciones de Antequera (actual Oaxaca). No iba, pues, descaminado Alonso Ramírez en sus pretensiones.
42. SM: estribaban.
43. C-S: negándome [aquél] con; BU: negándome [este] con.
44. P: de de los.

los indios mixes[45], chontales[46] y cuicatecas[47] por géneros de Castilla, que les faltaban, los que son propios de aquella tierra, y se reducen[48] a algodón, mantas, vainillas[49], cacao y grana[50]. Lo que se experimenta en la fragosidad de la sierra, que para conseguir esto se atraviesa y huella continuamente, no es otra cosa sino repetidos sustos de derrumbarse por lo acantilado de las veredas[51], profundidad horrorosa de las barrancas, aguas conti[n]uas[52], atolladeros penosos, a que se añaden en los pequeños calidísimos valles que allí se hacen, muchos mosquitos y, en cualquier parte, sabandijas abominables a todo viviente por su mortal veneno.

Con todo esto atropella la gana de enriquecer, y todo esto experimenté acompañando a mi amo, persuadido a que sería a medida del trabajo la recompensa. Hicimos viaje a Chiapa[53] de Indios, y de allí a diferentes lugares de las provincias de Soconusco[54] y de Guatemala, pero siendo pensión de los sucesos humanos interpolarse con el día alegre de la prosperidad la noche pesada y triste del sinsabor, estando de vuelta para Oaxaca enfermó mi amo en el pueblo de Tlalixtac[55] con tanto e[x]tremo que se le administraron los sacramentos para morir. Sentía yo su trabajo, y en igual contrapeso sentía el mío, gastando el

---

45. Indios mixes: indios procedentes de Oaxaca, Chiapas y el istmo de Tehuantepec (Santamaría).
46. Chontales: aborígenes producto del entrecruzamiento entre aztecas y mayas de la región sureste y de América Central (Santamaría).
47. Cuicatecas: indios del departamento de Teotitlán, en el estado de Oaxaca, a cuya provincia le dieron el nombre (Santamaría).
48. BU: y [que] se reducen.
49. Vainillas: frutos de la vainilla, muy olorosos, que se emplean para aromatizar los licores o el chocolate.
50. Grana: paño muy fino, de color purpúreo, llamado así por el polvo de ciertos gusanillos (cochinilla), que se crían dentro del fruto de la coscoja, llamado grana. Las mantas que le anteceden inciden en la fama de los telares oaxaqueños desde el siglo XVI.
51. Lo acantilado de las veredas: lo escarpado de las veredas, casi vertical.
52. P: contiauas.
53. La actual Chiapa de Corzo, junto a la hoy capital del estado de Chiapas, Tuxtla Gutiérrez.
54. La provincia del Soconusco pertenecía a la Capitanía General de Guatemala. Desde tiempos precolombinos fue el eje principal de la ruta comercial que unía el valle de México con Mesoamérica.
55. P: Talistaca. Hoy Tlalixtac, en el distrito centro del estado de Oaxaca.

tiempo en idear ocupaciones en que pasar la vida con más descanso; pero con la mejoría de Juan López se sosegó mi borrasca, a que se siguió tranquilidad, aunque momentánea, supuesto que en el siguiente[56] viaje, sin que le valiese remedio alguno, acometiéndole el mismo achaque en el pueblo de Cuicatlán[57], le faltó la vida. Cobré de sus herederos lo que quisieron darme por mi asistencia y, despechado de mí mismo[58] y de mi fortuna, me volví a México; y queriendo entrar en aquesta ciudad con algunos reales, intenté trabajar en la Puebla para conseguirlos, pero no hallé acogida en maestro alguno, y temiéndome de lo que experimenté de hambre cuando allí estuve, aceleré mi viaje.

Debile a la aplicación que tuve al trabajo cuando le asistí al maestro Cristóbal de Medina por el discurso de un año, y a la que volvieron a ver en mí cuantos me conocían, el que tratasen de avecindarme en México, y conseguilo mediante el matrimonio que contraje con Francisca Xavier[59], doncella huérfana de doña María de Poblete, hermana del venerable señor Dr. D. Juan de Poblete[60], deán arzobispal de Manila por morir como Féni[x][61] en su patrio nido, vivió para ejemplar de cuantos aspiraren[62] a eternizar su memoria con la rectitud de sus procederes. Sé muy bien que expresar su nombre es compendiar cuanto puede hallarse en la mayor nobleza y en la más sobresaliente virtud, y así callo, aunque con repugnancia, por no ser largo en mi narración, cuanto me está sugiriendo la gratitud.

Hallé en mi esposa mucha virtud y merecile en mi asistencia cariñoso amor, pero fue esta dicha como soñada, teniendo solos[63] once meses de duración, supuesto que en el primer parto le faltó la vida. Quedé casi sin ella a tan no esperado y sensible golpe y, para errarlo todo, me

56. BU: que el siguiente viaje.
57. Hoy San Juan Bautista Cuicatlán, ciudad fértil y equidistante entre Oaxaca y Tehuacán.
58. P: mesmo; BU: de mi mismo. El *Dic. Autoridades* recoge mesmo, aunque remite a mismo.
59. P, Vi, C-S, BR, I y C-Ll: Xavier. Solo BU pone Xaviera, basándose en el acta matrimonial. Véase lo dicho en la "Introducción" de esta edición.
60. Tanto don Juan de Poblete, deán de la catedral de México, como su hermano don Miguel, que fue arzobispo de Manila, tenían numerosas relaciones que le debieron resultar muy útiles a Alonso durante su estancia filipina.
61. P: Feniz.
62. C-Ll: aspiraran; I y BU: aspiren.
63. BU: solo.

volví a la Puebla. Acomodeme por oficial de Esteban Gutiérrez, maestro de carpintero, y sustentándose el tal mi maestro con esca[sez][64], ¿cómo lo pasaría el pobre de su oficial? Desesperé entonces de poder ser algo y, hallándome en el tribunal de mi propia conciencia no solo acusado sino convencido de inútil, quise darme por pena de este delito la que se da en México a los que son delincuentes, que es enviarlos desterrados a las Filipinas. Pasé, pues, a ellas en el galeón *Santa Rosa*, que (a cargo del general Antonio Nieto[65], y de quien el almirante Leandro Coello era piloto) salió del puerto de Acapulco para el de Cavite el año de 1682[66].

Está[67] este puerto en altura de 16 grados, 40 minutos[68] a la banda del Septentrión, y cuanto tiene de hermoso y seguro para las naos que en él se encierran tiene de desacomodado y penoso para los que la habitan, que son muy pocos, así por su mal temple y esterilidad del paraje, como por falta de agua dulce, y aun del sustento, que siempre se le conduce de la comarca, y añadiéndose[69] lo que se experimenta de calores intolerables[70], barrancas y precipicios por el camino, todo ello estimula a solicitar la salida del puerto.

64. P: escaces.
65. Tanto Antonio Nieto como Leandro Coello son personajes perfectamente documentados por fray Casimiro Díaz, 1890, caps. X-XV; Cummins y Soons, 1984, nota 42, Lorente, 1996, p. 177; y Buscaglia, 2011, pp. 134-135, nota 85, como para que ahora nos detengamos en ellos.
66. Ya sabemos que Alonso está mintiéndonos cuando dice que pasó a Filipinas en el año 1682. Al margen de que el galeón *Santa Rosa* no estuvo en todo este año en Acapulco y que Antonio Nieto no volvió a esta ciudad hasta enero de 1684, Alonso se casó el ocho de noviembre de 1682 y vivió once meses de dicha conyugal; por lo tanto no pudo partir hacia Filipinas antes del 31 de marzo de 1684, como ya dijimos en nuestra introducción.
67. Todo este párrafo y los cinco primeros del segundo capítulo C-S lo colocan indebidamente como Apéndices.
68. P: 16 gr. 40 min. Completo siempre la lectura geográfica, lo que notifico para toda la derrota del galeón.
69. P: añidir: antiguo añadir. Todavía se usa en Soria.
70. BU: intolerables y las barrancas.

Capítulo II

Sale de Acapulco para las Filipinas. Dícese la derrota de este viaje y en lo que gastó el tiempo hasta que lo apresaron ingleses

Hácese esta salida con la virazón[1] por el oesnoroeste[2], o noroeste, que entonces entra allí como a las once del[3] día; pero siendo más ordinaria por el sudueste[4], y saliéndose al sur y sursudueste, es necesario para e[x]cusar bordos[5] esperar a las tres de la tarde, porque pasado el Sol del meridiano alarga el viento para el oesnoroeste[6] y noroeste y se consigue la salida sin barloventear[7]. Navégase desde allí la vuelta[8] del sur con las virazones de arriba (sin reparar mucho en que se varíen las cuartas[9] o se aparten algo del meridiano) hasta ponerse en 12 grados[10] o en algo menos. Comenzando

---

1. Virazón: viento que sopla en las costas de la parte del mar durante el día, alternándose con el de tierra.
2. BU: Oestenoroeste.
3. P: de el.
4. I: sudoeste. Mantengo los nombres de los vientos porque todavía se mantienen así en la rosa náutica y como tales los recoge el *DRAE*.
5. Excusar bordos: evitar la navegación a la bolina, yendo de una banda a otra.
6. BU: Oeste Noroeste. El oesnoroeste es en realidad el punto equidistante entre el oeste y el noroeste.
7. Barloventear: navegar contra el viento, haciendo bordos.
8. Vuelta: derrota, dirección.
9. Cuarta: cualquiera de los treinta y dos rumbos o vientos en que está dividida la rosa náutica.
10. BU: grados (de latitud). Como ha mostrado Buscaglia, la salida de Acapulco en

ya aquí a variar los vientos desde el nordeste al norte, así que se reconoce el que llaman del lesnordeste[11] y leste, haciendo la derrota al oessudueste, al oeste y[12] a la cuarta del noroeste se apartarán de aquel meridiano quinientas leguas, y conviene hallarse entonces en 13 grados de altura.

Desde aquí comienzan las agujas[13] a nordestear y, en llegando a 18 grados la variación, se [h]abrán navegado (sin las quinientas que he dicho[14]) mil y cien leguas; y sin apartarse del paralelo de 13 grados cuando se reconozca[15] nordestea la aguja solos 10 grados (que será estando apartados del meridiano de Acapulco mil setecientas y setenta y cinco leguas) con una singladura[16] de veinte leguas o poco más se dará con la cabeza del sur de una de las islas Marianas, que se nombra Gua[m][17], y corre desde 13 y 5[18] hasta 13 grados y 25 minutos. Pasada una isletilla[19] que tiene cerca se ha de meter de ló[20] con bolinas [h]aladas[21] para

---

galeón a mar abierta es relativamente sencilla. Por eso no importa mucho si las cuartas varían un poco o si la nave se aparta ligeramente de su curso al navegar hacia el meridiano.

11. C-S: ENE; E. Siempre con abreviaturas y, normalmente modernizando con el término más usual. BU: Este Nordeste y Este (por leste). En cuanto a lesnordeste, esnoroeste, oessudoeste, etc., son distintos rumbos y vientos de los diferentes cuadrantes en que se divide la rosa náutica. No los voy a especificar, pero sí ofrecer, al menos, una definición: oessudueste se denomina al sexto rumbo y viento del tercer cuadrante entre el oeste y el sudoeste.
12. BU: y luego a la cuarta.
13. BU: agujas [náuticas]. En realidad, es una brújula; aunque reciba los nombres de aguja náutica o aguja de marear. Nordestear es tener la aguja náutica su declinación o variación hacia el nordeste.
14. BU: sin [contar] las quinientas [leguas] que he dicho,
15. SM: reconozca [que] nordestea.
16. Singladura: camino que recorre un barco en veinticuatro horas, tomadas desde un mediodía al siguiente.
17. Es Guam, aunque P, Vi, C-S y SM escriban Guan. Los españoles la llamaron San Juan Bautista de Guam.
18. BR: y hasta. Se sobreentiende que 13 grados y 5 minutos.
19. BU la identifica como la isla de Cocos, entre Punta Aga y Umatac (o Umata).
20. Vi: Ioo; BR: de 100 leguas; C-Ll: loo (y aclara ya su significado). BU: ló (de acuerdo con el sentido del *DRAE*, que recoge lo como "cada una de las relingas de caída en las velas redondas". En los diccionarios antiguos se recoge indistintamente loo, loó y ló. Es igual que orzar: girar el timón para que la proa de la nave quede hacia barlovento, navegando de costado, disminuyendo el ángulo que la dirección de su quilla forma con el viento.
21. P, I y BU: bolinas aladas. Bolina: cabo con que se hala hacia la proa la relinga de barlovento de una vela para que reciba mejor el viento. Se dice "navegar de

dar fondo en la ensenada de Umata[c][22], que es la inmediata; y dando de resguardo un solo tiro de cañón al arrecife, que al oeste arroja esta isletilla, en veinte brazas, o en las que se quisiere, porque es bueno y limpio el fondo, se podrá surgir[23].

Para buscar desde aquí el embocadero de San Bernardino[24] se ha de ir al oeste cuarta al sudueste, con advertencia de ir haciendo la derrota como se recogiere la aguja, y en navegando doscientas[25] y noventa y cinco leguas se dará con el cabo del Espíritu Santo, que está en 12 grados, 45 minutos; y si se puede buscar por menos altura[26] es mejor, porque si los vendavales se anticipan y entran por el sursudueste o por el sudueste, es aquí sumamente necesario estar a barlovento[27], y al abrigo de la isla de Palapa[g][28] y del mismo cabo.

En soplando brisas se navegará por la costa de esta misma isla cosa de veinte leguas, la proa al oesnoroeste, guiñando[29] al oeste, porque aquí se afi[j]a la aguja[30], y, pasando por la parte del leste del islote de San Bernardino[31], se va en demanda de la isla de Capul[32], que a distancia de cuatro leguas está al sudueste. Desde aquí se ha de gobernar[33] al oeste seis

---

bolina" cuando la quilla forma el menor ángulo posible con el viento; e "ir a la bolina" es "ir la embarcación sobre el costado, de manera que parece que se quiere volcar hacia aquel lado, o que casi quiere coger agua".

22. P, Vi, C-S, I y C-Ll: Humata; BR y BU: Umatac. Hoy Umatac. Esta ensenada está al sudoeste de la isla de Guam (siempre en las islas Marianas).
23. Surgir: fondear o anclar una nave.
24. Embocadero: lo mismo que embocadura, paraje inmediato a las entradas por la boca de un canal o estrecho. El de San Bernardino es un estrecho situado entre las islas de Luzón y Samar, en el archipiélago de las Filipinas. Constituía el paso obligado y el comienzo de la trayectoria de las naves que se dirigían a Manila.
25. P: docientas. Era más correcto docientas que doscientas en tiempos en que se escribía *Infortunios*, como recoge el *Dic. Autoridades*. De hecho, el *DRAE* no registra doscientos-as hasta 1791.
26. Altura: latitud.
27. Estar a barlovento significa poner el barco de costado frente al viento.
28. P: Palapa. Hoy Palapag, puerto en la costa norte de la isla de Samar, al norte de la cual está la isla de Batag, probablemente la isla a que se refiere Alonso.
29. Guiñar: dirigir la proa de un barco con el timón hacia un lado y hacia otro consecutivamente, con premeditación.
30. Afijar la aguja: afianzarla, afirmarla.
31. Islote situado en el extremo este del estrecho de su nombre.
32. Situada dieciséis kilómetros al suroeste de la isla de Samar.
33. Gobernar: dirigir.

leguas hasta la isla de Ticao y, después de costearla[34] cinco leguas yendo al noroeste hasta la cabeza del norte, se virará al oessudueste en demanda de la bocana[35] que hacen las islas de Burías[36] y Masbate. Habrá de distancia de una a otra casi una legua, y de ellas es la de Burías la que cae al norte. Dista esta bocana de la cabeza de Ticao cosa de cuatro leguas.

Pasadas estas angosturas, se ha de gobernar al oesnoroeste en demanda de la bocana de las islas de Marinduque y Bantón[37], de las cuales esta está[38] al sur de la otra tres cuartos de legua, y distan de Burías diecisiete[39]. De aquí al noroeste cuarta al oeste se han de ir a buscar las isletas de Mindoro, Lobo y Calapán[40]. Luego, por entre las angosturas de isla Verde y Mindoro, se navegarán al oeste once o doce leguas hasta cerca[41] de la isla de Ambil[42], y las catorce leguas que desde aquí se cuentan a Marivele[s][43] (que está en 14 grados, 30 minutos) se granjean yendo al nornoroeste[44], norte y nordeste. Desde Marivele[s] se ha de ir[45] en demanda del puerto de Cavite[46] al nordeste, lesnordeste y leste

---

34. I: costear las cinco leguas.
35. P y Vi: bocayna; C-S y BU: bocaina. Bocana es paso estrecho de mar que sirve de entrada a una bahía o fondeadero.
36. Isla de Burías: isla del archipiélago filipino al suroeste de la de Luzón, al nordeste de la de Masbate y al noroeste de la de Ticao.
37. Otras islas del archipiélago de las Filipinas; la última en concreto pertenece a la provincia de Romblou.
38. I: está esta.
39. P e I: diez y siete. Cuando escribía Sigüenza (y hasta mucho después, como hemos visto en la "Introducción") la forma analítica del numeral era la correcta. Hoy la norma ortográfica ha optado por la forma sintética (diecisiete) hasta el número treintaiuno.
40. P y todas las demás ediciones menos BU: Galván. BU; Calapán. Y aclara que ninguna de estas es una isleta, que Calapán es una ciudad en la costa norte de la isla de Mindoro, y que al norte de esta, al cruzar el canal de Isla Verde, está el pueblo de Lobo en la costa sur de Luzón.
41. SM: hasta [llegar estas] cerca.
42. Ambil: pequeña isla situada en la parte suroeste de Luzón, cerca de la de Lubang.
43. P: Marivelez. Como en otras ocasiones, la *editio princeps* presenta confusión fonética entre la sibilante (s) y la interdental (c/z). La práctica ordinaria de entrada o salida de los navíos de Manila era por la boca de Mariveles, salvo que los vientos o la posición en que se encontrara el buque obligaran a enfilar otro rumbo.
44. BU: Noroeste.
45. BR: Mariveles ha de ir.
46. Conocidísimo puerto estratégico, situado en la bahía de Manila, y esencial para el control de las islas Filipinas.

como cinco leguas, por dar resguardo a un bajo[47] que está al lesnordeste de Marivele[s] con cuatro brazas[48] y media de agua sobre su fondo.

Desengañado en el discurso de mi viaje de que jamás saldría de mi esfera, con sentimiento de que muchos con menores fundamentos perficionasen[49] las suyas, despedí cuantas ideas me embarazaron la imaginación por algunos años. Es la abundancia de aquellas islas, y con especialidad la que se goza en la ciudad de Manila, en e[x]tremo mucha. Hállase allí para el sustento y vestuario cuanto se quiere a moderado precio, debido a la solicitud con que por enriquecer los sangleyes[50] lo comercian en su Parián[51], que es el lugar donde fuera de las murallas, con permiso de los españoles, se avecindaron. Esto y lo hermoso y fortalecido de la ciudad, coad[y]uvado[52] con la amenidad de su río y huertas, y lo demás que la hace célebre entre las colonias que tienen los europeos en el Oriente, obliga a pasar gustosos a los que en ella viven. Lo que allí ordinariamente se trajina es de mar en fuera, y siendo por eso las navegaciones de unas a otras partes casi continuas, aplicándome al e[j]ercicio de marinero, me avecindé en Cavite.

Conseguí por este medio no solo mercadear en cosas en que hallé ganancia y en que me prometía para lo venidero bastante logro, sino el ver diversas ciudades y puertos de la India en diferentes viajes. Estuve en Madrastapatán[53], antiguamente Calamina o Meliapor, donde murió

---

47. Dar resguardo a un bajo: distanciarse preventivamente de algún bajo, o punta de tierra, cuando la zona no es muy conocida.
48. Braza: medida de longitud, generalmente usada en la marina, equivalente a dos varas o 1,6718 metros.
49. Vi, BR, I, C-Ll, SM y BU: perfeccionasen. Aunque sean sinónimas, el *Dic. Autoridades* remite a "perficionar": mejorar; y, desde luego, es un verbo que gustaba a Sigüenza y Góngora y a sus próximos.
50. Sangley: del tagalo *sanglay* (y este del chino *sang-lúi*). Se decía del chino que pasaba a comerciar en Filipinas y, por extensión, al que residía allí. Normalmente eran cristianos y tenían fama de hábiles para el comercio y todo tipo de oficios.
51. I: parían. El Parián era el mercado chino. El de México se construyó en 1692, tras el motín, como mercado de los filipinos, y duró hasta 1843, en que fue destruido.
52. P: coadjuvado.
53. Es la ciudad de Madrás, hoy conocida como Chennai, capital del estado de Tamil Nadu, al sureste de la India. Fue el segundo asentamiento de la Compañía de las Indias Orientales. Pero no es Meliapor, que fue fundada por los portugueses (Santo Tomás de Meliapor; hoy Mylapore) en 1522. Meliapor se mantuvo bajo pabellón portugués hasta 1662, en que fue tomada por un ejército chiíta.

el apóstol Santo Tomé[54], ciudad grande cuando la poseían los portugueses, [hoy] un monte de ruinas a violencia de los estragos que en ella hicieron los franceses y [h]olandeses por poseerla. Estuve en Malaca, llave de toda la India y de sus comercios por el lugar que tiene en el estrecho de Singapur[55], y a cuyo gobernador pagan anclaje[56] cuantos lo navegan. Son dueños de ella y de otras muchas los [h]olandeses, debajo de cuyo yugo gimen los desvalidos católicos que allí han quedado, a quienes no se permite el uso de le religión verdadera, no estorbándoles a los moros y gentiles, sus vasallos, sus sacrificios.

Estuve en Batavia[57], ciudad celebérrima que poseen los mismos en la [J]ava[58] Mayor y adonde reside el gobernador y capitán general de los estados de [H]olanda. Sus murallas, baluartes y fortalezas son admirables. El concurso que allí se ve de navíos malayos, macasares[59], sianes[60], bugises[61], chinos, armenios, franceses, ingleses, dinamarcos[62], portugueses y castellanos no tiene número. Hállanse en este emporio cuantos artefactos hay en la Europa y los que en retorno de ellos le envía la Asia. Fabrícanse allí, para quien quisiere comprarlas, excelentes armas. Pero con decir estar allí compendiado el universo lo digo todo.

Diez años después la tomaron los franceses (1672), y en 1674 cayó en poder de los holandeses, que un mes más tarde la entregaron a los musulmanes. En 1749 pasó a la Corona de Inglaterra. En cuanto a la falsa creencia de que era la antigua ciudad de Calamina, hay que relacionarla con la presunta predicación y martirio del apóstol Santo Tomás, como muestra Agustín Calmet, 1806 (2ª ed.), p. 81: "Algunos añaden que padeció martirio en Calamina. Otros más nuevos sostienen que Calamina en la India es lo mismo que Meliapur, donde se pretende haber hallado una inscripción, que manifiesta que Santo Tomás fue traspasado por una lanza al pie de una cruz cerca de la misma ciudad".

54. P: Thomé. Siempre mantiene los grupos ph y th, que nosotros modernizamos.
55. P: Syncapura. Los mapas de la época, como el de Mercator, escriben Syncapura.
56. Pagar anclaje: pagar una cantidad por fondear en un puerto.
57. Batavia (o Nueva Batavia): es la actual Yakarta. Era la capital de las posesiones holandesas en el archipiélago malayo.
58. P: Iava. Una muestra de la grafía vacilante de la época.
59. Macasares: naturales de Macasar, en el archipiélago de las islas Célebes.
60. Sianes: plural del adjetivo sian, en desuso. Hoy siamés y siameses.
61. I: bugifes, por error. Bugises: naturales de Bugi, pueblo del sur de las islas Célebes.
62. Dinamarcos: daneses. El *DRAE*, recoge dinamarqueses. CORDE recoge otros dos registros de dinamarcos en el siglo XVII; uno de ellos en el *Viaje entretenido*, (1606) de Rojas Villandrando.

Estuve también en Maca[o][63], donde aunque fortalecida de los portugueses que la poseen, no dejan de estar expuestos a las supercherías de los tártaros[64] (que dominan en la gran China) los que la habitan.

Aún más por mi conveniencia que por mi gusto me ocupé en esto, pero no faltaron ocasiones en que, por obedecer a quien podía mandármelo, hice lo propio; y fue una de ellas la que me causó las fatalidades en que hoy me hallo, y que empezaron así[65]: Para [a]provi[s]ionarse de bastimentos, que en el presidio de Cavite ya nos faltaban, por orden del general D. Gabriel de Cuzalaegui[66], que gobernaba las islas, se despachó una fragata de una cubierta[67] a la provincia de Ilocos[68], para que de ella, como otras veces se hacía, se condu[j]esen. Eran hombres de mar cuantos allí se embarcaron, y de ella y de ellos, que eran veinticinco[69], se me dio el cargo[70]. Sacáronse de los Almacenes Reales, y se

---

63. P e I: Macan. ¿Es un error de imprenta en P, por Macau, repetido acríticamente en I? Desde luego, es muy fácil colocar el signo tipográfico "u" al revés e imprimir "n"; pero me extraña que el error se repita. Por eso pienso que puede ser la consecuencia de una nasalización extrema del vocablo portugués, sin descartar del todo la errata de impresión, habida cuenta de que los mapas de la época escriben Macau.
64. Tártaros: nombre con el que los occidentales conocíamos, desde la Edad Media, a numerosos pueblos del centro y noroeste de Asia: mongoles, manchúes, turcos, etc. En la época en que escribe Sigüenza, los emperadores chinos eran manchúes de origen, se asentaron en el trono de Pekín en 1644 e imperaron en China hasta 1912. Se les conoce también como dinastía Ching o Quing.
65. P, Vi, BR e I escriben dos puntos, como corresponde al comienzo de la narración de las aflicciones del protagonista Por ello, para destacar dicho comienzo, mantengo la mayúscula en P, aunque lo normal, después de dos puntos sea utilizar minúscula.
66. En realidad don Gabriel de Curucelaegui y Arriola, que fue gobernador de las Filipinas desde agosto de 1684 hasta su muerte, el 17 de abril de 1689.
67. Fragata de una cubierta: la preparada para mucha carga y poca, o nula, artillería.
68. Ya en 1996, pp. 190-191, aclaré las razones por las que el gobernador de Cavite envió, entre otros, a Alonso Ramírez, a por las provisiones que hacían falta en el presidio. La conjunción de catástrofes –la falta del galeón de Acapulco, el hundimiento del galeón *Santo Niño*, que prepararon para subsanar este problema, la plaga de langostas, que asoló sembrados, árboles y vestuarios– originó la falta de bastimentos y la subida galopante de precios, con sus secuelas de hambre, mendicidad y muerte. La provincia de Ilocos ocupa el noroeste de la isla de Luzón.
69. P: veinte y cinco. Recordemos que siempre que aparezca este numeral en P, lo hace en su forma analítica.
70. Desde este momento, como han visto López Lázaro (2011) y Buscaglia (2011), Alonso Ramírez suplanta la personalidad del capitán Felipe Ferrer. Cuesta tam-

me entregaron para que defendiese la embarcación, cuatro chu[z]os[71] y dos mosquetes que necesitaban de estar con prevención de tizones para darles fuego, por tener quebrados los serpentines[72]; entregáronme también dos puños[73] de balas y cinco libras de pólvora.

Con esta prevención de armas y municiones, y sin artillería, ni aun pedrero[74] alguno, aunque tenía portas[75] para seis piezas, me hice a la vela. Pasáronse seis días para llegar a Ilocos;[76] ocupáronse en el rescate[77] y carga de los bastimentos como nueve o diez; y estando al quinto del tornaviaje barloventeando con la brisa para tomar la boca de Marivele[s] para entrar al puerto, como a las cuatro de la tarde se descubrieron por la parte de tierra dos embarcaciones, y presumiendo, no solo yo, sino los que conmigo venían,[78] serían las que a cargo de los capitanes [J]uan Bautista y [J]uan de Cara<v>allo[79] habían ido a Panga[s]inán[80] y Panay en busca de arroz y de otras cosas que se necesitaban en el presidio de Cavite y lugares de la comarca, aunque me hallaba a su sotavento proseguí con mis bordos sin recelo alguno, porque no había de qué tenerlo.

No dejé de alterarme cuando dentro de breve rato vi venir para mí dos piraguas a todo remo, y fue mi susto en e[x]tremo grande reconociendo en su cercanía ser de enemigos. Dispuesto a la defensa

---

bién imaginar poco después que unos marinos avezados confundan un barco de guerra, como el de los piratas, con los barcos de carga de Bautista y Carballo. Ni el porte ni la arboladura, ni sus dimensiones, en fin, pueden confundirse.

71. Chuzo: palo armado con un pincho de hierro, que se podía usar como arma. Los serenos los utilizaron en las ciudades hasta hace unos cuarenta años.
72. Serpentín: instrumento de hierro en que se ponía la mecha o cuerda encendida para hacer fuego con el mosquete.
73. BU: puñados.
74. Pedrero: pieza de artillería que arroja bolas de piedra, o gran cantidad de balas menudas, que gasta mucho menos pólvora que las piezas de otros géneros.
75. Portas: ventanas que tienen los costados de los navíos, donde se pone y coloca la artillería.
76. C-S: [y] ocupáronse; BU: Ilocos, ocupáronse.
77. Rescate: aquí, pago.
78. BU: venían [que] serían.
79. P: Iuan; C-Ll: Carballo; BU: Caraballo. Capitanes localizados por BR, p. 43; nota 44, y recogidos posteriormente por Lorente Medina, 1996, p. 177.
80. Pangasinán: región en la costa occidental de Luzón, entre Ilocos y Manila. La isla de Panay está al sur de la isla de Luzón, y ocupa el centro del archipiélago filipino.

como mejor pude con mis dos mosquetes y cuatro chuzos, llovían balas de la escopetería de los que en ellas[81] venían sobre nosotros, pero sin abordarnos, y tal vez se respondía con los mosquetes haciendo uno la puntería y dando otro fuego con una ascua, y en el ínterin partíamos las balas con un cuchillo, para que, habiendo munición duplicada para más tiros, fuese más durable nuestra ridícula resistencia. Llegar casi inmediatamente sobre nosotros las dos embarcaciones grandes que habíamos visto, y de donde habían salido[82] las piraguas, y arriar las[83] de gavia pidiendo buen cuartel y entrar más de cincuenta ingleses con alfanjes[84] en las manos en mi fragata, todo fue uno. Hechos señores de la toldilla[85], mientras a palos[86] nos retiraron a proa, celebraron con mofa y risa la prevención de armas y municiones que en ella hallaron, y fue mucho mayor cuando supieron el que aquella fragata pertenecía al rey y que habían sacado de sus almacenes aquellas armas. Eran entonces las seis de la tarde del día martes, cuatro de marzo de mil seiscientos y ochenta y siete[87].

81. I: en ella; BU: de los que en ellas [las piraguas] venían.
82. P: salidos.
83. C-S y BU: las [velas] de gavia. Gavia es el nombre de la vela que se coloca en el mástil mayor de una nave.
84. Alfanje: especie de sable, corto y curvo, con filo solamente de un lado, y por los dos en la punta.
85. Toldilla: cubierta que sirve de techo a la cámara alta o alcázar de un barco, desde el palo de mesana hasta el coronamiento de la popa.
86. I: a palo.
87. Como aclaré en la introducción, todo el párrafo de Alonso Ramírez, dedicado al abordaje de su barco, coincide plenamente con los documentos y testimonios escritos que hacen referencia a este hecho.

Capítulo III[1]

Pónense en compendio los robos y crueldades que hicieron estos piratas en mar y tierra hasta llegar a la[2] América

Sabiendo ser yo la persona a cuyo cargo venía la embarcación[3], cambiándome a la mayor de las suyas, me recibió el capitán con fingido agrado. Prometiome[4] a las primeras palabras la libertad si le noticiaba cuáles lugares de las islas eran más ricos y si podría[5] hallar en ellos gran resistencia. Respondile no haber salido de Cavite sino para la provincia de Ilocos, de donde venía, y que así no podía satisfacerle a lo que preguntaba. Instome si en la isla de Capon[es][6], que a[7] distancia de

---

1. Ya BU advirtió que P cambia la numeración de los capítulos, que pasa de usar números romanos a números arábigos, lo que mantiene hasta el final, con la excepción del capítulo IV.
2. BR, C-Ll: llegar a América.
3. BU: embarcación [y].
4. I: Prometiéndome.
5. BU: y si podía hallar.
6. P, Vi, I, C-Ll y SM: Caponiz; C-S: Caponis, y aclaran que es una isla pequeña de San Antonio, en la provincia de Zambales. BU actualiza el nombre: Capones. Se trata de un grupo de islotes del archipiélago de las Filipinas, situado junto a la costa sur de la provincia de Zambales, en la isla de Luzón, frente a la punta del mismo nombre y al pueblo de San Antonio.
7. I: que distancia.

catorce leguas está noroeste[8] sueste con Marivele[s], podría aliñar[9] sus embarcaciones y si había gente que se lo estorbase; dí[j]ele no haber allí población alguna y que sabía de una bahía donde conseguiría fácilmente lo que deseaba. Era mi intento el que, si así lo hiciesen, los cogiesen desprevenidos, no solo los naturales de ella, sino los españoles que asisten de presidio[10] en aquella isla, y los apresasen. Como a las diez de la noche surgieron donde les pareció a propósito, y en estas y otras preguntas que se[11] me hicieron se pasó la noche.

Antes de levarse pasaron a bordo de la[12] capitana mis veinticinco[13] hombres. Gobernábala un inglés a quien nombraban maestre Bel; tenía ochenta hombres, veinticuatro[14] piezas de artillería y ocho pedreros, todos de bronce. Era dueño de la segunda[15] el capitán Donkin[16]; tenía setenta hombres, veinte piezas de artillería y ocho pedreros, y en una[17] y otra había sobradísimo número de escopetas, alfanjes, hachas, arpeos[18], granadas y ollas llenas de varios ingredientes de olor pestífero[19]. Jamás alcancé, por diligencia[20] que hice, el lugar donde se armaron[21] para salir al mar; solo sí supe[22] habían pasado al[23] del Sur por el estrecho de Mayre[24] y que, imposibilitados de poder robar las costas del Perú y Chile, que era su intento, porque con ocasión de un

8. C-S: nordeste; BU: noroeste [y] sudeste.
9. Aliñar: aparejar, componer.
10. Presidio: guarnición de soldados.
11. BU: que me hicieron.
12. BU: de la [nave] capitana.
13. P: veinte y cinco.
14. P: veinte y cuatro.
15. BU: segunda [nave] el capitán.
16. Como hemos visto en la introducción y descubrió López Lázaro (2011), Bel y Donkin son los líderes del *Good Hope*. Buscaglia, que ignora este hecho, intenta encontrar posibles paralelismos infundados con los nombres de otros piratas.
17. BU: en una nave y otra.
18. Arpeos: instrumentos de hierro con garfios, que sirven para rastrear, o para aferrarse dos embarcaciones.
19. Pestífero: que puede ocasionar peste o daño grave.
20. BU: diligencias.
21. Armarse: equiparse, proveerse de lo necesario.
22. C-S y SM: supe [que] habían pasado.
23. C-S: al [mar] del Sur.
24. Obviamente, es el estrecho de Le Maire.

tiempo que entrándoles[25] con notable vehemencia y tesón por el leste les duró once días, se apartaron de aquel meridiano más de quinientas leguas, y, no siéndoles fácil volver a él, determinaron valerse de lo andado, pasando a robar a la India, que era más ping[ü]e[26]. Supe también[27] habían estado en[28] islas Marianas y que, batallando con tiempos deshechos[29] y muchos mares, montando los cabos del Engaño y del Bo[j]eador[30], y habiendo antes apresado algunos juncos y champanes[31] de indios y chinos, llegaron a la boca de Marivele[s], a donde dieron conmigo[32].

Puestas las proas de sus fragatas (llevaban la mía a remolque) para Capon[e]s, comenzaron con pistolas y alfanjes en las manos a examinarme de nuevo, y aun a atormentarme. Amarráronme a mí y a un compañero mío al árbol mayor y, como no se[33] les respondía a propósito acerca de los parajes donde podían hallar la plata y oro porque[34] nos preguntaban, echando mano de Francisco de la Cruz, sangley mesti[z]o,[35] mi compañero, con cruelísimos tratos de cuerda que le dieron quedó desmayado en el combés[36] y casi sin vida. Metiéronme a mí y a los míos en la bodega, desde donde percibí[37] grandes voces y un trabuca[z]o. Pasado un rato y habiéndome hecho salir a fuera, vide[38] mucha

25. SM: encontrándoles.
26. P: pinguc.
27. C-S y BU: también [que] habían estado.
28. C-S, SM y BU: en [las] islas Marianas.
29. BU: tiempos desechos. Son tiempos fuertes, impetuosos, violentos.
30. Cabos en el extremo norte de la isla de Luzón: el primero en su vertiente nororiental; el segundo, en la noroccidental.
31. Junco: embarcación pequeña, usada en las Indias Orientales. Champán: embarcación grande, de fondo plano, usada en China y Japón para navegar por los ríos.
32. BR hace aquí punto y seguido.
33. BU: Y, como no les respondía.
34. VI: por que nos; C-S y SM: por qué nos.
35. P: mestiso y mi compañero; C-S: mestizo [y] mi compañero.
36. Combés: espacio de la cubierta superior, desde el palo mayor hasta el castillo de proa.
37. P: percebí. El *Dic. Autoridades*, recoge ambas acepciones (percibir y percebir), si bien remite a percibir. Quizá percebí, como antes mesmo, a continuación vide, y después priesa, puedan reflejar el habla de Alonso Ramírez.
38. C-Ll, I y SM: vi. Vide es antigua primera persona del indefinido del verbo ver. Mantengo el arcaísmo porque puede reflejar el habla de Alonso Ramírez.

sangre y, mostrándomela,[39] di[j]eron ser de uno de los míos a quien habían muerto y que lo mismo sería de mí si no respondía a propósito de lo que preguntaban. Dí[j]eles con humildad que hiciesen de mí lo que les pareciese, porque no tenía que añadir[40] cosa alguna a mis primeras respuestas. Cuidadoso desde entonces de saber quién era de mis compañeros el que habían muerto, hice diligencias por conseguirlo y, hallando cabal el número, me[41] quedé confuso. Supe mucho después[42] era sangre de un perro la que había visto, y no pesó del engaño[43].

No satisfechos de lo que yo había dicho, repreguntando con cariño a mi contramaestre[44], de quien por indio jamás se podía prometer cosa que buena fuese, supieron de él haber población y presidio en la isla de Capon[es], que yo [h]abía afirmado ser despoblada. Con esta noticia, y mucho más por haber visto estando ya sobre ella ir por el largo de la costa dos hombres montados, a que se añadía la mentira de que[45] nunca había salido de Cavite sino para Ilocos, y[46] dar razón de la bahía de Capon[es], en que, aunque lo disimularon, me habían cogido, desenvainados los alfanjes, con muy grandes voces y vituperios dieron en mí. Jamás me recelé de la muerte con mayor susto que

39. Vi, BR y C-Ll: y mostrándomela me dijeron. I y BU: sangre. Y, mostrándomela, dijeron.
40. P: añidir.
41. BU: número, quedé confuso.
42. C-S y BU: después [que] era sangre.
43. C-Ll y BU: pasó. Quiere decir no me pesó del engaño; o lo que es igual, que no se arrepintió de que fuera un engaño, ya que pesar significa "arrepentirse o dolerse de alguna cosa". Este episodio presenta muchos problemas: ¿fue una reelaboración edulcorada de Alonso Ramírez como tantos otros, o no? Buscaglia especula con la posibilidad de que los piratas mataran al capitán Francisco de Arsaga (o Arzuaga) dueño del champán capturado la mañana del día cuatro de marzo, basándose en el testimonio de un marinero, que, a su vez, había oído decir a los ingleses; pero dicho testimonio no parece muy fiable, habida cuenta del momento en que este hizo la declaración (unos días después ante las autoridades de Filipinas). López Lázaro llega a pensar que posiblemente Alonso Ramírez fuera en este barco cuando fue capturado, y no en el *Aránzazu*, mas su elucubración tampoco pasa del plano conjetural.
44. Contramaestre: oficial de mar que dirige la marinería, bajo las órdenes del oficial de guerra. Se formaba el cuerpo de las armadas de los aprendices navales que superaban el examen de los temas marítimos y navales. Por Buscaglia sabemos que el contramaestre del *Aránzazu* era español y se llamaba Francisco Acosta.
45. C-S: de que [yo] nunca.
46. BU: y [mí] dar razón.

en este instante, pero conmutáronla en tantas patadas y pesco[z]ones que descargaron en mí, que me de[j]aron incapaz de movimiento por muchos días. Surgieron en parte de donde no podían recelar insulto[47] alguno de los isleños, y de[j]ando en tierra a los indios dueños de un junco de que se [h]abían apoderado el antecedente día al aciago y triste en que me cogieron, hicieron su derrota a Pulicondón, isla poblada de cochinchin[o]s[48] en la costa de Cambo[y]a[49], donde tomado[50] puerto, cambiaron a sus dos fragatas cua[n]to en la mía se halló, y le pegaron fuego[51].

Armadas las piraguas con suficientes hombres, fueron a tierra y hallaron[52] los esperaban los moradores de ella sin repugnancia. Propusiéronles[53] no querían más que proveerse allí de lo necesario, dándoles lado[54] a sus navíos, y rescatarles también frutos de la tierra por lo que les faltaba. O de miedo, o por otros motivos que yo no supe, asintieron a ello los pobres bárbaros. Rec[i]bían[55] ropa de la que traían hurtada y correspondían con brea, grasa y carne salada de tortugas, y con otras cosas. Debe de[56] ser la falta que [h]ay de abrigo en aquella isla, o el deseo que tienen[57] de lo que en otras partes se hace en e[x]tremo[58] mucho, pues les forzaba la desnude[z] o curiosidad a cometer la más desvergonzada vileza que jamás vi[59]. Traían las madres a las hijas, y los mismos maridos a sus mujeres, y se las entregaban con la recomenda-

47. Insulto: acometimiento o asalto repentino y violento.
48. P: Cochinchinas; Vi, C-S, BR, I y C-Ll: cochinchinas. Nombre con el que los europeos designaban a los pueblos de Indochina. Aquí gentes procedentes del delta del Mekong, hoy vietnamitas habitantes de Ciudad Ho Chi Minh, antigua Saigón.
49. P, Vi y C-S: Camboja; BR: Cambodia.
50. BU: tomando puerto; SM tornado puerto.
51. BU: fuego [a mi fragata].
52. SM y BU: hallaron [que] los esperaban.
53. C-S y SM: Propusiéronles [que] no querían.
54. Dar lado: frase que equivale a favorecer a alguien para que a su sombra pueda ejecutar alguna acción.
55. P: recebían.
56. C-Ll: debe ser.
57. BU: tienen [sus habitantes].
58. P: estremo.
59. BU: vi: traían. Vemos un Alonso sinceramente escandalizado por la promiscuidad sexual de los aborígenes, de costumbres tan distintas. U: vi: traían.

ción de hermosas a los ingleses por el vilísimo precio de una manta o equivalente cosa.

Hízoseles tolerable la estada de cuatro meses en aquel paraje con conveniencia tan fea, pero pareciéndoles[60] no vivían mientras no hurtaban, estando sus navíos para navegar, se bastimentaron de cuanto pudieron para salir de allí. Consultaron primero la paga que se les daría a los pulicondones[61] por el hospedaje, y remitiéndola[62] al mismo día en que saliesen al mar, acometieron aquella madrugada a los que dormían incautos; y pasando a cuchillo aun a las que de[j]aban en cinta,[63] y poniendo fuego en lo más del pueblo,[64] tremolando sus banderas y con grande regocijo vinieron a bordo. No me hallé presente a tan nefanda crueldad, pero con temores de que en algún tiempo pasaría yo por lo mismo, desde la capitana,[65] en que siempre estuve, oí el ruido de la escopetería y vi el incendio.

Si hubieran celebrado esta abominable victoria agotando fra[s]queras de aguardiente[66], como siempre usan, poco importara encomendarla al silencio; pero habiendo intervenido en ello lo que yo vide[67], ¿cómo pudiera de[j]ar de expresarlo, sino[68] es quedándome dolor y escrúpulo de no decirlo? Entre los despojos con que vinieron del[69] pueblo, y fueron cuanto por sus mujeres y bastimentos les habían dado, estaba un brazo humano de los que perecieron en el incendio; de este cortó cada uno una pequeña presa y, alabando el gusto de tan linda carne, entre repetidas saludes le dieron fin. Miraba yo con escándalo y congoja tan bestial acción[70], y llegándose a mí uno con un pedazo me instó con

60. SM: pareciéndoles [que] no vivían.
61. BR: pulicóndores. Se usan indistintamente ambos gentilicios.
62. P: remientiéndola. Remitir: aquí diferir.
63. I: a cuchillo a las que; BU: encinta. Y poniendo.
64. BR: pueblo. Tremolando.
65. BU: capitana, [donde].
66. P: agua ardiente. Siempre modernizaré estas dos palabras de P, que ya en el siglo XVIII eran un anacronismo. En cuanto a frasquera, es una caja, con diferentes divisiones, en que entran ajustados los frascos (o botellas) de bebida.
67. BR, C-Ll, I y BU: vi.
68. I, C-Ll y BU: si no es quedándome.
69. P: de el pueblo. Modernizo siempre con el artículo contracto, como anticipé en nota anterior.
70. Como ya aclaré en 1996, p. 192, nota 152, no eran infrecuentes estas escenas de canibalismo. Con todo, hay que tener presente la matización de BU, 2011, p. 158, nota 207, sobre lo increíble de este hecho, habida cuenta de que treinta y tres días después los ingleses habían vuelto a Pulau Condón.

importunaciones molestas a que lo comiese. A la debida repulsa que yo le hice, me di[j]o que siendo español, y por el consiguiente cobarde, bien podía para igualarlos a ellos en el valor no ser melindroso. No me instó más por responder a un brindis.

Avistaron la costa de la tierra firme de Cambo[y]a[71] al tercero día y, andando continuamente de un bordo y otro, apresaron un champán lleno de pimienta[72]. Hicieron con los que lo llevaban lo que conmigo, y sacándole la plata y cosas de valor que en él se llevaban, sin hacer caso alguno de la pimienta, quitándole[73] timón y velas, y abriéndole[74] un rumbo, lo de[j]aron ir al garete[75] para que se perdiese. Echada[76] la gente de este champán en l[a][77] tierra firme y pasándose[78] a la isla despoblada de Puliubi[79], en donde se hallan cocos y ñame[80] con abundancia, con la seguridad de que no tenía yo ni los míos por dónde huir, nos sacaron de las embarcaciones para colchar[81] un cable. Era la materia de que se hizo bejuco[82] verde, y quedamos casi sin uso de las manos por muchos días por acabarlo en pocos.

Fueron las presas que en este paraje hicieron de mucha monta, aunque no pasaron de tres[83], y de ellas pertenecía la una al rey de Siam, y

---

71. P, Vi, y C-S: Camboja. Así reza en los mapas de la época. BR: Cambodia.
72. Buscaglia, siguiendo a Dampier, sitúa este hecho el 31 de mayo de 1687 (2011, p. 158, nota 209). De nuevo entran en colisión el texto de *Infortunios* y el de Dampier, no solo por llevar direcciones opuestas el barco, sino también porque dice que el champán los acompañó hasta Pulau Condón, donde ambos barcos anclaron "el 24 de mayo".
73. BU: quitáronle el timón.
74. I: abriendo.
75. Ir al garete: marchar sin gobierno ni dirección un barco; ir a la deriva.
76. P: Hechada.
77. P: en lo tierra.
78. BU: y pasándole.
79. BU: Pulau Ubi. Isla de la bahía de Siam, a cuarenta leguas de Pulau Condón, como señala William Dampier.
80. Ñame: tubérculo similar a la batata.
81. Colchar: unir los filamentos de un cordón torciéndolos unos con otros. "En la náutica es torcer los rebenques que se hacen a mano de meollar, y este se colcha en el carretel" (*Dic. Aut.*).
82. Bejuco: nombre de ciertas plantas tropicales, cuyos tallos, largos y delgados, se extienden por el suelo o se arrollan a otros vegetales. Por su flexibilidad y resistencia, se usan para todo tipo de ligaduras, para jarcias, tejidos nuevos, muebles, bastones, etc.
83. VI: pasaran. BU: de tres [naves].

las otras dos a los portugueses de Maca[o][84] y Goa. Iba en la primera un emba[j]ador de aquel rey para el gobernador de Manila, y llevaba para este un regalo de preseas[85] de mucha estima y muchos frutos y géneros preciosos de aquella tierra. Era el interés de la segunda mucho mayor, porque se reducía a solos[86] [t]ejidos de seda de la China en e[x]tremo ricos, y a cantidad de oro en piezas de filigrana que por vía de Goa se remitía a Europa. Era la tercera del virrey de Goa, [e][87] iba a cargo de un emba[j]ador que enviaba al rey de Siam por este motivo:[88]

Consiguió un g[e]novés[89] (no sé las circunstancias con que vino allí) no solo la privanza con aquel rey, sino el que lo hiciese su lugarteniente en el principal de sus puertos. Ensoberbecido este con tanto cargo, les cortó las manos a dos caballeros portugueses que allí asistían por leves causas. Noticiado de ello el virrey de Goa, enviaba a pedirle satisfa[c]ción y aun a solicitar[90] se le entregase el g[e]novés para castigarle. A empeño que parece[91] no cabía en la esfera de lo asequible, correspondió el regalo que para granjearle la voluntad al rey se le remitía. Vide y toqué con mis manos una como torre o castillo de vara en alto de puro oro, sembrada de diamantes y otras preciosas piedras; y aunque no de tanto valor, le igualaban en lo curioso muchas alhajas[92] de plata, cantidad de canfora[93], ámbar y almizcle, sin el resto de lo que para comerciar y vender en aquel reino había en la embarcación.

Desembarazada esta y las dos primeras[94] de lo que llevaban, les dieron fuego, y de[j]ando así a portugueses como a sianes[95] y a ocho de

---

84. P y VI: Macan; C-S e I: Macán.
85. Preseas: alhajas, joyas o cosas de mucho valor y estimación.
86. BR y BU: solo.
87. P: y iba.
88. Vi, I y BR: motivo. C-S y BU: continúan con minúscula.
89. P: ginovés. Actualmente en desuso, por genovés. Como sabemos, se trata del griego Constans Phaulkon. Remito a la introducción para los pormenores de estas capturas.
90. C-S y BU: solicitar que se le entregase.
91. C-S y BU: parece que no.
92. P: halajas.
93. Canfora: alcanfor; producto destilado del árbol alcanforero, procedente de Oriente, que se usa en la fabricación de la pólvora, del celuloide, en medicina o para la conservación de la ropa.
94. BU: primeras [naves] de lo.
95. Sianes: plural del antiguo adjetivo 'sian', hoy siamés.

los míos en aquella isla sin gente, tiraron la vuelta de las de [S]iantán[96], habitadas de malayos cuya vestimenta no pasa de la cintura y cuyas armas son cri[s]es[97]. Rescataron de ellos algunas cabras, cocos y aceite de estos para la lantía[98], y otros refrescos; y dándoles un albazo[99] a los pobres bárbaros, después de matar algunos y de robarlos a todos, en demanda de la isla de Tamburlán[100] viraron a fuera[101]. Viven en ella maca[s]ares; y sentidos los ingleses de no haber hallado allí lo que en otras partes, poniendo fuego a la población en ocasión[102] que dormían sus habitadores, navegaron a la grande isla de Borne[o][103] y, por haber barloventeado catorce días su costa occidental sin haber pillaje, se acercaron al puerto de [Suca]dana[104] en la misma isla.

---

96. P, Vi, I, C-Ll: Ciantán. C-S y BU: de las [islas] de Ciantán. BU aclara: Siantán, y ha mostrado que es la mayor isla y la más oriental del grupo de islas denominado Anambas o Kepulauan Anabas, próxima a la costa este de Malasia. Buscaglia (pp. 160-161, nota 227) niega también que este fuera el itinerario trazado y afirma que, por estas fechas, ya Alonso se había unido a los piratas. Esta isla produce cocoteros, sagú y maderas. Como vemos, coincide con lo dicho por Alonso Ramírez.
97. Crises: armas blancas malayas, que suelen tener la hoja de forma serpenteada.
98. P, Vi, C-S, y BU: lantia. Lantía es un aparato de una o más luces que se pone cerca o dentro de la bitácora, para que se vea de noche el rumbo de la aguja de marear.
99. Dar un albazo: atacar al amanecer.
100. BR y BU: Tambelán. Bryant ya la identifica y Buscaglia explica que el grupo Tambelan, o Kepulauan Tambelan, ocupa el centro del mar de Natuna, casi en medio de la península de Malaca y la isla de Borneo. En español se conoce indistintamente como Tambelán, Tambilan o Timbalan. En cuanto a la población, es muy probable que se refiera a Melaju, capital de la isla, situada al oeste de ella, en la única bahía apta para fondear barcos. Se la conocía por su producción de aceite de clavo de especias, sus telas de seda y, sobre todo, por su construcción de *praos*, pequeños botes ligeros.
101. C-S, BR, C-Ll, I y BU: afuera.
102. BR. Ocación.
103. P: Borney. Desde luego es la isla de Borneo, pero el nombre puesto por Sigüenza (o Alonso) se corresponde con el nombre indígena de Burney, con el que se conoce todavía a un territorio del litoral noroeste de la isla.
104. BR: será Sukadana, en la costa oeste de Borneo, o Borney, como reza en los documentos antiguos. BU: Sucadana. Fue un importante sultanato, que dominó la región del río Kapuas y suministró oro y diamantes a los mercaderes chinos, holandeses e ingleses, hasta su destrucción en el siglo XVIII. Todavía al principio del siglo XX los diamantes de esta zona de Borneo Occidental pasaban por ser los más hermosos del mundo.

Hállanse en el territorio de este lugar muchas preciosas piedras, y en especial diamantes de rico fondo; y la codicia[105] de rescatarlos y poseerlos, no muchos meses antes[106] que allí llegásemos, estimuló a los ingleses que en la India viven, [107]pidiesen al rey de Borne[o] (valiéndose para eso del gobernador que en [Suca]dana tenía) les permitiese factoría[108] en aquel paraje. Pusiéronse los piratas a sondar[109] en las piraguas la barra[110] del río, no solo para entrar en él con las embarcaciones mayores, sino para hacerse capaces[111] de aquellos puestos. Interrumpióles este e[j]ercicio un champán de los de la tierra, en que se venía de parte de quien la gobernaba a reconocerlos. Fue su respuesta ser de nación ingleses[112] y que venían cargados de géneros nobles y exquisitos para contratar y rescatarles diamantes. Como ya antes habían experimentado en los de esta nación amigable trato, y vieron[113] ricas muestras de lo que en los navíos que apresaron en Puliubi les pusieron luego a la vista,[114] se les facilitó la licencia para comerciar. Hiciéronle al gobernador un regalo considerable y consiguieron el que por el río subiesen al pueblo (que dista un cuarto de legua de la marina) cuando gustasen.

En tres días que allí estuvimos reconocieron estar indefenso y abierto por todas partes[115], y proponiendo a los [suca]danes[116] no poder detenerse por mucho tiempo y que así se recogiesen los diamantes en casa del gobernador, donde se haría la feria[117], de[j]ándo-

105. P: cudicia. *Dic. Autoridades* registra ambos vocablos como equivalentes. Más adelante, en el episodio de Madagascar, aparecerá "cudicioso" como calificativo aplicado al capitán Bel. El *Dic. Autoridades* lo registra como equivalente de codicioso.
106. BU: antes [del] que.
107. C-S: viven, [que] pidiesen; BU: viven [a que] pidiesen.
108. P: fatoría. *Dic. Autoridades* contempla ambas acepciones.
109. Sondar: echar la plomada al mar, para verificar la profundidad que allí tiene el agua.
110. Barra: Banco de arena o fango, con piedras, que se extiende en la boca o entrada de los ríos y rías y la hacen muy peligrosa, especialmente en la mareas bajas.
111. Hacerse capaz: enterarse de algo.
112. I: inglesa.
113. C-S: vieron [estos] ricas muestras.
114. C-S: vista, [que] se les facilitó.
115. C-S: estar indefenso y abierto por todas partes [el pueblo]; BU: estar [el pueblo] indefenso y abierto.
116. P: cicudanes.
117. C-S: feria [y] dejándonos. Hacer la feria: hacer la compra-venta.

nos aprisionados a bordo y con bastante guarda, subiendo al punto de media noche por el río arriba[118] y muy bien armados, dieron de improviso en el pueblo, y fue la casa del gobernador[119] la que primero avanzaron[120]. Saquearon cuantos diamantes y otras piedras preciosas ya estaban juntas, y lo propio consiguieron en otras muchas a[121] que pegaron fuego, como también a algunas embarcaciones que allí se hallaron. Oíase a bordo el clamor del pueblo y la escopetería, y fue la mortandad (como bla[s]onaron[122] después) muy considerable. Cometida muy a su salvo tan execrable[123] traición, trayendo preso al gobernador y a otros principales, se vinieron a bordo con gran presteza, y con la misma se levaron, saliendo a fuera.

No hubo pillaje que a este se comparase por lo poco que ocupaba y su excesivo precio. ¿Quién será el que sepa lo que importaba? Vídele[124] al capitán Bel tener a granel llena la copa de su sombrero de solos diamantes. Aportamos[125] a la isla de Baturiñán[126] dentro de seis días, y de[j]ándola por inútil, se dio fondo en la de Pulitimán[127], donde hicieron aguada y tomaron leña. Y poniendo en tierra (después de muy maltratados y muertos de hambre) al gobernador y principales de [Suca]dana[128], viraron para la costa de Bengala[129] por ser más cursada de embarcaciones; y en pocos días apresaron dos bien grandes de moros negros, cargadas de ra[s]os, elefantes, ga[s]as[130] y sarampures[131]; y habiéndolas desvalijado de lo más precioso les dieron fuego,

---

118. Vi: arriba muy bien armados; I y C-Ll: arriba, muy bien armados.
119. BU: gobernador [sobre] la que.
120. Avanzar: en la milicia, acometer, embestir al enemigo.
121. BU: muchas [casas] [a las] que.
122. Blasonar: alardear con alabanzas propias.
123. Execrable: abominable.
124. BR, I, C-Ll y BU: Víle.
125. Aportar: tomar puerto o arribar a él.
126. BU: Batu Malang. Hoy Batu Malang, (de *batu*, roca, en malayo; y *malang*, mala suerte), como edita BU. Es un promontorio de rocas volcánicas situado al norte de la isla de Tioman.
127. BU: Pulau Tioman. Isla situada en la costa oriental de la península de Malaca, al norte del estrecho de Singapur y a la altura del grupo Anambas.
128. BU: Sucudana.
129. BU piensa que sea la costa de Berhala.
130. I: garzas.
131. BU: salampures. *Sarampures*: tejidos famosos que se hacían en la ciudad hindú de Saharanpur, importante centro de comercio de textiles desde el siglo XII,

quitándoles entonces la vida a muchos de aquellos moros a sangre fría, y dándoles a los que quedaron las pequeñas lanchas que ellos mismos traían para que se fuesen.

Hasta este tiempo no[132] habían encontrado con navío alguno que se les pudiera oponer, y en este paraje, o por casualidad de la contingencia, o porque ya se tendría noticia de tan famosos ladrones en algunas partes, de donde creo había ya salido gente para castigarlos, se descubrieron cuatro navíos de guerra bien artillados, y todos de [h]olandeses, a lo que parecía. Estaban estos a sotavento, y teniéndose de ló[133] los piratas cuanto les fue posible, ayudados de la oscuridad de la noche, mudaron rumbo hasta dar en Puli[al]or[134], y se rehicieron de bastimentos y de agua; pero no teniéndose ya por seguros en parte alguna y temerosos de perder las inestimables riquezas con que se hallaban, determinaron de[j]ar aquel archipiélago.

Dudando si desembocarían por el estrecho de Sunda o de Singapur[135], eligieron este por más cercano, aunque más prolijo y dificultoso[136], desechando el otro, aunque más breve y limpio, por más distante, o, lo más cierto, por más frecuentado de los muchos navíos que van y vienen de la Nueva Batavia, como arriba di[j]e. Fiándose, pues, en un práctico[137] de aquel estrecho que iba con ellos[138], ayudándoles la brisa y corrientes cuanto no es decible, con banderas [h]olandesas y bien pre-

---

situado en las Provincias Unidas, actualmente, Uttar Pradesh, a unos 177 km de Delhi.

132. BU: no [se] habían.

133. BR: Ioo. Con nota aclaratoria en que dice que "puede ser error de imprenta por Ioor", basándose en Morga, A. 1890, p. 2. Como toda su conjetura se resume en que "No hemos podido, sin embargo, averiguar, ningún influjo de Morga en el escrito de Sigüenza", y no aclara nada, no la transcribo. I: teniéndose de los piratas; BU: de ló (que es lo correcto; véase *Diccionario marítimo español*, p. 342: "Ló. s. m. *Pil.* y *Man.* Lo mismo que orza, como acción de orzar").

134. P: Pulilaor. C-S: Pulialor. BU: Puli Aur, y aclara que es una isla situada al sureste de Tiomán, próxima a la península de Malaca.

135. P: Syncapura, quizá por su proximidad fonética con la etimología malaya de la palabra (Syngapura). El estrecho de Sunda está entre la isla de Sumatra y la de Java. El de Singapur está entre la isla de Singapur (al norte) y el archipiélago de las Rius. P recoge siempre Syncapura, por lo que no lo explicito más.

136. BU: dificultoso [para navegar], desechando.

137. Práctico: experto conocedor de la zona, que dirige el rumbo de las embarcaciones en la costa o en un puerto.

138. C-S: ellos y ayudándoles.

venidas las armas para cualquier acaso, esperando una noche que fuese lóbrega, se entraron por él con desesperada resolución y lo corrieron casi hasta el fin sin encontrar sino una sola embarcación al segundo día. Era esta una fragata de treinta y tres codos de quilla, cargada de arroz y de una fruta que llaman bonga[139], y al mismo tiempo de acometerla (por no perder la costumbre de robar, aun cuando huían) de[j]ándola sola los que la llevaban, y eran malayos, se echaron al mar y de allí salieron a tierra para salvar las vidas.

Alegres de haber hallado embarcación en que[140] poder aliviarse de la mucha carga con que se hallaban, pasaron a ella de cada uno de sus navíos siete personas con todas[141] armas, y diez piezas de artillería con sus pe[r]trechos[142], y prosiguiendo con su viaje, como a las cinco de la tarde de este mismo día desembocaron. En esta ocasión se desaparecieron cinco de los míos, y presumo que, valiéndose de la cercanía a la tierra, lograron la libertad con echarse a nado. A los veinticinco días de navegación avistamos una isla (no sé su nombre) de que, por habitada de portugueses según decían o presumían, [n]os[143] apartamos. Y desde allí se tiró[144] la vuelta de la Nueva [H]olanda[145], tierra aún no bastantemente descubierta de los europeos y poseída, a lo que parece, de gentes bárbaras, y al fin de más de tres meses dimos con ella.

Desembarcados en la costa los que se enviaron a tierra con las piraguas, hallaron rastros antiguos de haber estado gente en aquel paraje; pero siendo allí los vientos contrarios y vehementes y el surgidero malo, solicitando lugar más cómodo[146], se consiguió en una isla de tierra llana, y hallando[147] no solo resguardo y abrigo a las embarcaciones, sino un arroyo de agua dulce, mucha tortuga y ninguna gente, se

139. Bonga: nombre filipino de la areca, palma cuya fruta, en Filipinas, sirve para hacer buyo, mezclada con hojas de betel y cal de conchas, que mascan los naturales del país y de todo el Extremo Oriente.
140. I: en qué poder.
141. BU: todas sus armas.
142. P: peltrechos.
143. P: dos (errata de imprenta).
144. I: tiró a la vuelta.
145. P: Nueva Olanda. Hoy, Australia.
146. P: commodo. Mantiene su proximidad formal con la etimología del vocablo.
147. BR: y no hallando.

determinaron dar allí carena[148] para volverse[149] a sus casas. Ocupáronse ellos en hacer esto, y yo y los míos en remendarles las velas y en hacer carne. A cosa de cuatro meses o poco más, estábamos ya para salir a viaje, y poniendo las proas a la isla de Madagascar[150], o de San Lorenzo, con lestes a popa llegamos a ella en veintiocho[151] días. Rescatáronse de los negros que la habitan[152] muchas gallinas, cabras y vacas, y noticiados de que un navío inglés mercantil estaba para entrar en aquel puerto a contratar con los negros, determinaron esperarlo y así lo hicieron.

No era esto, como yo infería de sus acciones y pláticas, sino por ver si lograban el apresarlo; pero reconociendo cuando llegó a surgir que venía muy bien artillado y con bastante gente, hubo de la una a la otra parte repetidas salvas[153] y amistad recíproca. Diéronle los mercaderes a los piratas aguardiente y vino, y retornáronles estos de lo que traían hurtado con abundancia. Ya que no por fuerza (que era imposible) no omitía diligencia el capitán Bel para hacerse dueño de aquel navío como pudiese; pero lo que tenía este de ladrón y de codicioso, tenía el capitán de los mercaderes de vigilante y sagaz, y así, sin pasar jamás a bordo nuestro (aunque con grande instancia y con convites que le hicieron, y que él no admitía, lo procuraban) procedió en sus[154] acciones con gran recato. No fue menor el[155] que pusieron Bel y Donkin para que no supiesen los mercaderes el e[j]ercicio en que andaban, y para conseguirlo con más seguro nos mandaron[156] a mí y a los míos, de quien[157] únicamente se recelaban, el que[158] pena de la vida no hablá-

---

148. Dar carena: reparar el navío quitándole la carcoma tapando y calafateando con brea y estopa los agujeros y grietas para impermeabilizarlo.
149. BU: volver a sus casas.
150. Nombrada San Lorenzo por Diego Días en 1500, se había convertido en aquellos años en el principal puerto franco de la piratería mundial (Lorente Medina, 1996, p. 193).
151. P: veinte y ocho.
152. I: habitaban.
153. BU: salvas y [señales de] amistad.
154. I: en las acciones.
155. BU: el [recato] que pusieron.
156. BR: con más seguridad.
157. C-Ll: quienes. Hasta el siglo XIX lo correcto era "quien" (o "quién" interrogativo) tanto para el singular como para el plural en vez del actual quienes, que se consideraba vulgar, como ya mostraran Menéndez Pidal y Lapesa. Al lector interesado le aconsejo Varela Villafranca, 2008, pp. 241-251.
158. BR: que bajo pena.

semos con ellos palabra alguna, y que di[j]ésemos éramos[159] marineros voluntarios suyos, y que nos pagaban. Contravinieron a este mandato dos de mis compañeros, hablándole a un portugués que venía con ellos; y mostrándose piadosos en no quitarles la vida luego al instante, los[160] condenaron a recibir[161] cuatro azotes de cada uno[162]. Por ser ellos ciento y cincuenta, llegaron los azotes a novecientos[163], y fue tal rebenque y tan violento el impulso con que los daban, que amanecieron muertos los pobres al siguiente día.

Trataron de de[j]arme a mí y a los pocos[164] compañeros que habían quedado en aquella isla, pero considerando la barbaridad de los negros moros que allí vivían, hincado de rodillas y besándoles los pies con gran rendimiento, después de reconvenirles con lo mucho que les había servido, y ofreciéndome a asistirles en su viaje como si fuese esclavo, conseguí el que me llevasen consigo. Propusiéronme entonces, como ya otras veces me lo habían dicho, el que jurase de acompañarlos siempre, y me darían armas. Agradeciles la merced y, haciendo refle[j]a a las obligaciones con que nací, les respondí con afectada humildad el que más me acomodaba a servirlos a ellos que a pelear con otros, por ser grande el temor que les[165] tenía a las balas. Tratándome de español cobarde y gallina, y por eso indigno de estar en su compañía,[166] que me honrara y valiera mucho, no me instaron más.

159. C-S y SM: dijésemos [que] éramos; BU: y que [si se nos preguntaba] que dijésemos [que] éramos.
160. I: lo condenaron.
161. P: recebir.
162. BU: cada uno [de los piratas]. Por ser.
163. I afirma: "debe decir seiscientos". Lorente, A, 1996, p.183, nota 132, siguiendo a I, considera que es uno de los errores de composición del texto en Sigüenza, como consecuencia del escaso tiempo en que escribió la relación. Sin embargo Mora, 2001, p. 368, nota 10, advierte con razón que el total de azotes es de mil doscientos (seiscientos para cada uno), aunque no pudieron pasar de novecientos porque las víctimas no pudieron resistir más castigo. C-Ll ya se hicieron eco de esta observación (p. 121, nota 65). Y BU, p. 168, nota 283 piensa que "el resultado de esta suma no es correcto", porque o recibieron de cada pirata cuatro azotes, en cuyo caso son mil doscientos, o recibieron tres, en cuyo caso sí serían novecientos. Está claro que murieron sin poder resistir el tormento completo y por eso no se consumó el castigo.
164. BU: pocos [de mis] compañeros.
165. C-Ll: le tenía.
166. BU: compañía, aunque me honrara.

Despedidos de los mercaderes y bien [a]provi[s]ionados de bastimentos, salieron en demanda del cabo de Buena Esperanza, en la costa de África, y después de dos meses de navegación, estando primero cinco días barloventeándolo, lo montaron[167]. Desde allí, por espacio de mes y medio, se costeó un muy e[x]tendido pedazo de tierra firme hasta llegar a una isla que nombran de Piedras[168], de donde, después de tomar agua y proveerse de leña, con las proas al oeste y con bri[s]as largas, dimos en la costa del Brasil en veinticinco días. En el tiempo de dos semanas en que fuimos al luengo de la costa y sus vueltas disminuyendo altura, en dos ocasiones echaron[169] seis hombres a tierra en una canoa; y habiendo hablado con no sé qué portugueses y comprádoles algún refresco, se pasó adelante hasta llegar finalmente a un río dilatadísimo, sobre cuya boca surgieron en cinco brazas, y presumo fue el de las Amazonas, si no me engaño.

167. Montar un cabo: frase náutica equivalente a pasar por delante y ponerse al otro lado del cabo.

168. Para C-S puede ser la isla de Ascensión o los roques de san Pedro y San Pablo, cerca del Ecuador; para BR quizá sea Santa Elena. BU piensa que seguramente es Santa Helena, porque allí hizo escala Dampier y porque la isla de Ascensión carece de arroyo o manantial de agua dulce.

169. P: hecharon. Siempre edita hechar, hecharon, hechados, etc., lo que aclaro para el resto del texto.

Capítulo IV

Danle libertad los piratas, y trae a la memoria lo que toleró en su prisión

Debo advertir, antes de expresar lo que toleré y sufrí de trabajos y penalidades en tantos años, el que solo en el condestable Nicpat y en Dick, quartamaestre[1] del capitán Bel, hallé alguna conmiseración y consuelo en mis continuas fatigas, así socorriéndome[2], sin que sus compañeros lo viesen, en casi extremas necesidades, como en buenas palabras con que me ex[h]ortaban a la paciencia. Persuádome a que era el condestable católico sin duda alguna. Juntáronse a consejo en este paraje, y no se trató otra cosa sino qué se haría de mí y de siete compañeros míos que habían quedado. Votaron unos, y fueron los más, que nos degollasen, y otros, no tan crueles, que nos de[j]asen en tierra. A unos y otros se opusieron el condestable Nicpat, el quartamaestre Dick y el capitán Donkin[3] con los de su séquito, afeando acción tan indigna a la generosidad inglesa.

Bástanos (decía este) haber degenerado de quienes somos, robando lo mejor del Oriente con circunstancias tan impías. ¿Por ventura no

---

1. Del inglés *quartermaster*, comisario, intendente militar. Para BR: cabo de mar; para BU: oficial de mar de clase inferior al contramaestre, equivalente al guardián o al contramaestre tercero, que se encarga del timón, la bitácora y las señales de la nave. Como vimos en la introducción, López Lázaro ve en este vocablo un indicio indirecto del adiestramiento pirático de Alonso Ramírez.
2. C-S: socorriéndome [ellos]; BU: socorriéndome [ellos].
3. Recordemos para la identificación de los piratas nuestra introducción.

están clamando al cielo tantos inocentes a quienes les llevamos lo que a costa de sudores poseían,[4] a quienes les quitamos la vida? ¿Qué es lo que hizo este pobre español ahora para que la[5] pierda? Habernos[6] servido como un esclavo en agradecimiento de lo que con él se ha hecho desde que lo cogimos. De[j]arlo en este río, donde ju[z]go no hay otra cosa sino indios bárbaros, es ingratitud. Degollarlo, como otros decís, es más que impiedad, y porque no dé voces que se oigan por todo el mundo su inocente sangre, yo soy, y los míos, quien los patrocina.

Llegó a tanto la controversia que, estando ya para tomar las armas para decidirla, se convinieron en que me diesen la fragata que apresaron en el estrecho de Singapur, y con ella la libertad, para que dispusiese de mí y de mis compañeros como mejor me estuviese. Presuponiendo el que a todo ello me hallé presente, póngase en mi lugar quien aquí llegare y discurra de qué tamaño sería el susto y la congoja con que yo estuve.

Desembarazada la fragata que me daban de cuanto había en ella, y cambiado[7] a las suyas, me obligaron a que agradeciese a cada uno separadamente la libertad y piedad que conmigo usaban, y así lo hice. Diéronme un astrolabio y[8] agujón, un derrotero [h]olandés, una sola tinaja de agua y dos tercios[9] de arroz; pero al abrazarme el condestable para despedirse, me avisó cómo me había dejado, a e[x]cusas[10] de sus compañeros, alguna, sal y tasajos[11], cuatro barriles de pólvora, muchas balas de artillería, una ca[j]a de medicinas y otras diversas cosas. Intimáronme (haciendo testigos de que lo oía) el que si otra vez me cogían en aquella costa, sin que otro que Dios lo remediase, me matarían,

---

4. C-S: poseían y a quienes.
5. C-S y BU: para que la [vida] pierda?
6. I: haberos.
7. C-S: cambiado [todo] a las suyas; BU: cambiado [todo ello] a las suyas.
8. C-S y BU: y [un] agujón. Agujón es una aguja de marear, una brújula. El astrolabio es un instrumento de metal, en que se representaba la esfera celeste, que se usaba para observar en el mar la altura del polo y de los astros. Y el derrotero es un libro que contiene la situación de los puntos más notables de una costa o costas y mares adyacentes, con todas las noticias necesarias para asegurar la navegación.
9. Tercio: medida de cantidad equivalente a media carga de arroz, o lo que es igual, a dos fanegas o arrobas (unos veintitrés kilos).
10. A excusas: modo adverbial, que significa “a escondidas”.
11. Tasajo: aquí, pedazo de carne, seco y cecinado.

y que para e[x]cusarlo[12] gobernase siempre entre el oeste y noroeste, donde hallaría españoles que me amparasen; y haciendo que me levase, dándome el buen viaje, o, por mejor decir, mofándome[13] y escarneciéndome, me dejaron ir.

Alabo a cuantos, aun con riesgo de la vida, solicitan la libertad, por ser sola ella la que merece, aun entre animales brutos, la estimación. Saconos a mí y a mis compañeros tan no esperada dicha copiosas lágrimas, y ju[z]go[14] corrían gustosas[15] por nuestros rostros por lo que antes las habíamos tenido reprimidas y ocultas en nuestras penas. Con un regocijo nunca esperado suele de ordinario embarazarse el discurso, y, pareciéndonos sueño lo que pasaba, se necesitó de mucha refle[j]a para creernos libres. Fue nuestra acción primera levantar las voces al cielo engrandeciendo a la divina misericordia como mejor pudimos, y con inmediación dimos las gracias a la que en el mar de tantas borrascas fue nuestra estrella. Creo[16] hubiera sido imposible mi libertad si continuamente no hubiera ocupado la memoria y afectos en María Santísima de Guadalupe de México, de quien siempre protesto viviré esclavo por lo que le debo. He traído siempre conmigo un retrato suyo, y temiendo[17] no lo profanaran los herejes piratas cuando me apresaron, supuesto que entonces, quitándonos los rosarios de los cuellos y reprehendiéndonos como a impíos y supersticiosos, los arrojaron al mar[18], como mejor pude se lo quité de la vista y la vez primera que subí al tope[19] lo escondí allí.

Los nombres de los que consiguieron conmigo la libertad y habían quedado de los veinticinco (porque de ellos en la isla despoblada de Puliubi de[j]aron ocho, cinco se huyeron en Singapur, dos murieron de los a[z]otes en Madagascar y otros tres tuvieron la misma suerte en diferentes parajes) son Juan de Casas, español, natural de la Puebla de los Ángeles en Nueva España; Juan Pinto y Marcos de la Cruz, indios

12. P: escusarlo. Aquí, con el sentido de evitarlo.
13. I: mofándoseme.
14. SM: juzgo [que] corrían.
15. I: gustoses.
16. C-S, SM y BU: Creo [que] hubiera.
17. I: temiendo no le profanaran; BU: temiendo [que] no lo profanaran.
18. P y C-S: a el mar. Actualizo con el artículo contracto, por estar en desuso ya la construcción "a el".
19. Tope: extremo o remate superior de cualquier palo de arboladura.

pangasinán[20] aquel y este pampango[21]; Francisco de la Cruz y Antonio González, sangleyes; Juan Díaz, malabar[22], y Pedro, negro de Mozambique[23], esclavo mío. A las lágrimas de regocijo por la libertad conseguida se siguieron las que bien pudieran ser de sangre por los trabajos pasados, los cuales nos representó luego al instante la memoria[24] en este compendio.

A las amenazas con que, estando sobre la isla de Capon[es], nos tomaron la confesión para saber qué navíos y con qué armas estaban para salir de Manila, y cuáles lugares eran más ricos, añadieron de[j]arnos casi quebrados los dedos de las manos con las llaves de las escopetas y carabinas; y sin atender a la sangre que lo manchaba nos hicieron hacer ovillos del[25] algodón que venía en greña para co[s]er velas. Continuose este e[j]ercicio siempre que fue necesario en todo el viaje, siendo distribución de todos los días, sin dispensa alguna, baldear y barrer por dentro y fuera las embarcaciones. Era también común a todos nosotros limpiar los alfanjes, cañones y llaves de carabinas con tiestos de lo[z]a[26] de China molidos cada tercero[27] día; hacer meollar[28], colchar cables[29], saulas[30] y contrabra[z]as;[31] hacer también cajetas[32], e[nv]ergues[33] y mo-

20. Pangasinán: ya dijimos que la región de Pangasinán ocupa la costa occidental de la isla de Luzón, y de ahí el nombre del gentilicio.
21. P y BU: pampanpango. Pampango es un habitante de Pampanga, zona central de Luzón.
22. BR: de Malabar. Oriundo de esta región del litoral suroccidental de la India.
23. C-S: Mozambique [y] esclavo.
24. BU: memoria [y que siguen] en este compendio.
25. C-Ll: de algodón.
26. Vi e I: lozas.
27. I: tercer.
28. Meollar: cordel que se forma torciendo tres o más hilos, que sirve para todo tipo de cabos.
29. Colchar cables: unir los cordones de un cabo, torciéndolos unos con otros. Hoy remite a acolchar.
30. Vi y BR: faulas. Saulas son sardinetas, cabos delgados, formados de tres filásticas, destinados para la costura y actividades semejantes.
31. BU: contrabrazas [y] hacer. Contrabrazas son los cabos que se emplean en ayuda de las brazas para sujetar mejor las vergas.
32. Cajetas: cabitos de rebenque; trenza hecha de hilos o meollares, según los objetos a que han de aplicarse.
33. P y C-Ll: embergues. Envergue: cada uno de los cabos delgados que pasan por los ojetes de la vela y sirve para afirmarla al nervio de la verga, liarla o amarrarla.

jeles[34]. Añadíase a esto ir al timón, y pilar el arroz[35] que de continuo comían, habiendo precedido el remojarlo para hacerlo [h]arina. Y hubo ocasión en que a cada uno se nos dieron once costales de a dos arrobas[36] por tarea de un solo día, con pena de azotes (que muchas veces toleramos) si se faltaba a ello.

Jamás en las turbonadas que en tan proli[j]a navegación experimentamos[37], aferraron velas[38]; nosotros éramos los que lo hacíamos, siendo el galardón ordinario de tanto riesgo crueles a[z]otes, o por no e[j]ecutarlo con toda priesa[39], o porque las velas, como en semejantes frangentes[40] sucede, solían romperse. El sustento que se nos daba para que no nos faltasen las fuerzas en tan continuo trabajo se reducía a una ganta[41] (que viene a ser un almud) de arroz, que se sancochaba[42] como se podía, valiéndonos de agua de la mar en vez de la sal que les sobraba y que jamás nos dieron; menos de un cuartillo[43] de agua se repartía a cada uno para cada día. Carne, vino, aguardiente, bonga[44], ni otra alguna de las muchas menestras[45] que traían llegó a nuestras bocas; y teniendo cocos en grande copia[46], nos arrojaban solo las cáscaras para hacer bonote[47], que es limpiarlas y de[j]arlas como estopa para calafa-

---

34. Vi e I vuelven a hacer erróneamente punto y aparte. Mojeles: pedazos de cajeta de uno o dos metros de largo, que se usan para apagar velas y amarrar el timón.
35. Pilar el arroz: majar el arroz en un pilón el arroz, valiéndose de un majadero que se usa con una o dos manos.
36. Costales de dos arrobas: sacos de veintitrés kilos, aproximadamente.
37. C-S: experimentábamos.
38. Aferrar velas: recoger las velas a su verga para que no reciban viento ni pueda este desplegarlas.
39. Vi, C-S, BR, I, C-Ll y BU: prisa. Priesa hoy es de uso coloquial vulgar.
40. Frangente: acontecimiento fortuito y desgraciado, que no se puede prevenir.
41. Ganta: medida de capacidad utilizada en Filipinas, equivalente a tres litros. El almud es otra similar, que en Castilla equivalía al celemín, de alrededor de cuatro litros y tercio.
42. Sancochar: cocer o freír algún manjar dejándolo algo crudo y sin sazonar.
43. Cuartillo: medida de capacidad, equivalente a medio litro.
44. Bonga: areca; fruto de un tipo de palma de tronco fino, que se usa en tintorería.
45. P: miniestras. Del italiano *minestra* (y este, a su vez, del latín *ministrare*). En español, menestra: guisado de potaje, hecho de diferentes hierbas o legumbres.
46. En grande copia: en gran abundancia.
47. Bonote: filamento que se extrae de la corteza del coco.

tear[48]; y cuando por estar surgidos los tenían frescos, les bebían el agua y los arrojaban al mar.

Diéronnos en el último año de nuestra prisión el cargo de la co[c]ina, y no solo contaban los pedazos de carne que nos entregaban, sino que también los medían para que nada comiésemos. ¡Notable crueldad y miseria es esta!, pero no tiene comparación a la que se sigue. Ocupáronnos también en hacerles calzado de lona y en coserles camisas y calzoncillos, y para ello se nos daban contadas y medidas las hebras de hilo; y si por echar tal vez menudos los pespuntes como querían faltaba alguna, correspondían a cada una[49] que se añadía veinticinco azotes. Tuve yo otro trabajo de que se privilegiaron mis compañeros, y fue haberme obligado[50] a ser barbero; y en este e[j]ercicio me ocupaban todos los sábados sin descansar ni un breve rato, siguiéndosele a cada descuido de la navaja, y de ordinario eran muchos por no saber[51] científicamente su manejo, bofetadas crueles y muchos palos. Todo cuanto aquí se ha dicho sucedía a bordo, porque solo en Puliubi y en la isla despoblada de la Nueva [H]olanda, para hacer agua y leña, y para colchar un cable de bejuco, nos desembarcaron.

Si quisiera especificar[52] particulares sucesos me dilatara[53] mucho, y con individuar uno u otro se discurrirán los que callo. Era para nosotros el día del lunes el más temido, porque haciendo un círculo de bejuco en torno de la mesana[54], y amarrándonos a él las manos siniestras, nos ponían en las derechas unos rebenques, y habiéndonos desnudado, nos obligaban con puñales y pistolas a los pechos a que unos a otros nos a[z]otásemos. Era igual la verg[ü]enza y el dolor que en ello teníamos al regocijo y aplauso con que[55] lo festejaban.

No pudiendo asistir[56] mi compañero Juan de Casas a la distribución del continuo trabajo que nos rendía,[57] atribuyéndolo el capitán

48. Calafatear: rellenar de estopa las juntas de las tablas de un barco y dar después una capa de brea para impermeabilizarlas.
49. BU: una [de las hebras] que.
50. BR: obigado.
51. C-S y BU: no saber [yo] científicamente.
52. BU: especificar [todos los] particulares.
53. I: dilataría.
54. Mesana: en las embarcaciones de tres palos, el que se arbola a popa.
55. C-S y BU: con que [ellos] lo festejaban.
56. Asistir: atender.
57. C-S y BU: rendía [y].

Bel a la que llamaba flo[j]era, di[j]o que él lo curaría y por modo fácil (perdóneme la decencia y el respeto que se debe a quien esto lee que lo refiera)[58]. Redú[j]ose este a hacerle beber, desleídos[59] en agua, los excrementos del mismo capitán, teniéndole puesto un cuchillo al cuello para acelerarle la muerte si lo[60] repugnase. Y como a tan no oída medicina se siguiesen grandes vómitos que le causó el asco y con que accidentalmente[61] recuperó la salud, desde luego nos la recetó, con aplauso de todos[62], para cuando por nuestras desdichas adoleciésemos[63].

Sufría yo todas estas cosas, porque por el amor que tenía a mi vida no podía más[64]; y advirtiendo[65] había días enteros que[66] los pasaban borrachos, sentía no tener bastantes compañeros de quien valerme[67] para matarlos y, al[z]ándome con la fragata, irme a Manila. Pero también puede ser que no me fiara de ellos aunque los tuviera, por no haber otro español entre ellos sino Juan de Casas. Un día que más que otro me embarazaba las acciones este pensamiento, llegándose a mí uno de los ingleses que se llamaba Cornelio, y gastando larga prosa[68] para encargarme el secreto, me propuso si tendría valor para ayudarle con los míos a sublevarse. Respondile con gran recato, pero asegurándome[69] tenía ya convencidos a algunos de los suyos (cuyos nombres di[j]o) para lo propio[70], consiguió de mí el que no le faltaría llegado[71] el caso, pero pactando primero lo que para mi seguro[72] me pareció convenir.

58. C-S y BU: refiera [pero] redújose. SM: [refiera] redújose.
59. Desleídos: de desleír; disueltos.
60. Vi: le repugnase; I y BU: repugnasen.
61. C-Ll: accidentalmete.
62. BU: de todos [los suyos].
63. Sobre la coprofagia, que tampoco era inusual entre la piratería, véase Lorente Medina, 1996, p. 192, nota 152.
64. BU: más que hacerlo.
65. SM: advirtiendo [que] había días.
66. C-S: que [los piratas] los pasaban. I: que lo pasaban; BU: que [ellos] los pasaban.
67. I: quien valiera.
68. Gastar larga prosa: hacer una plática larga e impertinente para decir algo; andar con circunloquios.
69. C-S y BU: asegurándome [que] tenía; SM: asegurándome [de que] tenía.
70. Recuerdo al lector que P siempre escribe proprio, aunque yo edite propio.
71. C-S: llegando.
72. SM: seguridad, ignorando que el *DRAE*, en su quinta acepción, define seguro como seguridad.

No fue esta tentativa de Cornelio sino realidad, y de hecho había algunos que se lo aplaudiesen, pero por motivos que yo no supe desistió de ello. Persuádome a que él fue sin duda quien dio noticia al capitán Bel de que yo y los míos lo querían matar, porque comenzaron a vivir de allí[73] adelante con más vigilancia, abocando dos piezas cargadas de munición hacia la proa donde siempre estábamos, y procediendo en todo[74] con gran cautela. No de[j]ó de darme toda esta prevención de cosas grande cuidado, y preguntándole al condestable Nicpat, mi patrocinador, lo que lo causaba, no me respondió otra cosa sino que mirásemos yo y los míos cómo dormíamos. Maldiciendo yo entonces la hora en que me habló Cornelio, me previne como mejor pude para la muerte. A la noche de este día, amarrándome fuertemente contra la mesana, comenzaron a atormentarme para que confesase lo que acerca[75] de querer al[z]arme con el navío tenía dispuesto. Negué[76] con la mayor constancia que pude, y creo que a persuasiones del condestable me de[j]aron solo. Llegose este entonces a mí y, asegurándome el que de ninguna manera peligraría si me fiase de él[77], después de referirle enteramente lo que me había pasado, de[sa]marrándome[78], me llevó al camarote del capitán.

Hincado de rodillas en su presencia di[j]e lo que Cornelio me había propuesto. Espantado el capitán Bel con esta noticia, haciendo primero el que en ella me ratificase con juramento[79], con amenaza de castigarme por no haberle dado cuenta de ello inmediatamente, me hizo cargo de traidor y de sedicioso. Yo, con ruegos y lágrimas, y el condestable Nicpat, con reverencias y súplicas, conseguimos que me absolviese, pero fue imponiéndome con pena de la vida que guardase[80] secreto. No pasaron muchos días sin que de Cornelio y sus secuaces echasen mano, y fueron tales los azotes con que los castigaron que yo aseguro el que jamás se olviden de ellos mientras vivieren; y con la misma pena y otras mayores se les mandó el que ni conmigo ni con los míos se entrometiesen. Prueba de la bondad de los azotes sea el que

---

73. Vi, BR y C-Ll: allí en adelante.
74. BR: procediendo con.
75. P: a cerca de.
76. BU: Negué [todo] con.
77. P: del; Vi: dél; C-S: dél [y]; BU: de él [y].
78. P: deasmarrándome.
79. BU: juramento [y] con.
80. BR, e I: guardase el secreto.

uno de los pacientes, que se llamaba Enrique, recogió cuanto en plata, oro y diamantes le había cabido y, quizás receloso de otro castigo, se quedó en la isla de San Lorenzo sin que valiesen cuantas diligencias hizo el capitán Bel para recobrarlo[81].

Ilación[82] es, y necesaria, de cuanto aquí se ha dicho, poder competir estos piratas en crueldad y abominaciones a[83] cuantos en la primera plana de este e[j]ercicio tienen sus nombres, pero creo el que no hubieran sido tan malos como para nosotros lo fueron, si no estuviera con ellos un español, que se preciaba de sevillano y se llamaba Miguel[84]. No hubo trabajo intolerable en que nos pusiesen, no hubo ocasión alguna en que nos maltratasen, no hubo hambre que padeciésemos, ni riesgo de la vida en que peligrásemos, que no viniese por su mano y su dirección, haciendo[85] gala de mostra[r]se[86] impío, y abandonando lo católico en que nació por vivir pirata y morir hereje. Acompañaba a los ingleses, y era esto para mí y para los míos lo más sensible, cuando se ponían de fiesta, que eran las Pascuas de Navidad y los domingos del año, leyendo o rezando lo que ellos en sus propios libros. Alúmbrele Dios el entendimiento para que, enmendando su vida, consiga el perdón de sus iniquidades.

---

81. El fallido motín tuvo lugar, como explicamos en la introducción, en el *Good Hope*, no en el *Cygnet*. Cornelio y Enrique eran dos marineros de la tripulación del primer barco, como ha mostrado López Lázaro.
82. Ilación: consecuencia.
83. BU: con cuantos.
84. La figura del sevillano Miguel es otra de las alteraciones de la historia que Alonso Ramírez lleva a cabo, como hemos visto en la introducción.
85. C-S y BU: haciendo [él] gala.
86. P: mostrase.

Capítulo V[1]

Navega Alonso Ramírez y sus compañeros sin saber dónde estaban ni la parte a que iban. Dícense los trabajos y sustos que padecieron hasta varar en[2] tierra

Basta de estos trabajos, que aun para leídos son muchos, por pasar a otros de diversa especie. No sabía yo ni mis compañeros el paraje en que nos hallábamos ni el término que tendría nuestro viaje, porque ni entendía el derrotero [h]olandés, ni teníamos carta que entre tantas confusiones nos sirviera de algo, y para todos era aquella la vez primera que allí nos v[e]íamos[3]. En estas dudas, haciendo refle[j]a a la sentencia que nos habían dado de muerte, si[4] segunda vez nos aprisionaban, cogiendo la vuelta del oeste me hice a la mar. A los seis días, sin haber mudado la derrota, avistamos tierra que parecía firme por lo tendido y alta; y poniendo la proa al oesnoroeste, me hallé el día siguiente a la madrugada sobre tres islas de poco ámbit[o][5]. Acompañado de Juan de Casas en un cayuco[6] pequeño que en la fragata

1. P: 5.
2. Vi, BR e I: varar tierra.
3. P, Vi y C-S: víamos.
4. BU: si [por] segunda.
5. P: poca ambitu; Vi: poco ambitu; C-S: ámbito; BU: poca amplitud. Además, afirma que es un error tipográfico, ignorando que ámbito significa perímetro.
6. Cayuco: embarcación india, más pequeña que una canoa, de una pieza, con el fondo plano y sin quilla.

había, salí a una de ellas, donde se hallaron pájaros tabones y bobos[7], y trayendo grandísima cantidad de ellos para cecinarlos[8], me vine a bordo.

Arrimándonos a la costa, proseguimos por el largo de ella, y a los diez días se descubrió una isla[9], y, al parecer, grande. Eran entonces las seis de la mañana, y a la misma hora se nos de[j]ó ver una armada de hasta veinte velas de varios portes, y echando[10] bandera inglesa me llamaron con una pie[z]a. Dudando si llegaría[11], discurrí el que viendo[12] a mi bordo cosas de ingleses, quizás no me creerían la relación que les diese, sino que presumirían[13] había yo muerto a los dueños de la fragata y que andaba fugitivo por aquellos mares, y aunque con turbonada que empezó a entrar, juzgando[14] me la enviaba Dios para mi escape, largué las velas de gavia[15], y con el aparejo siempre en la mano (cosa que no se atrevió a hacer ninguna de las naos inglesas) escapé con la proa al norte, caminando todo aquel día y noche sin mudar derrota.

Al siguiente[16] volví la vuelta al oeste a proseguir mi camino, y al otro[17] por la parte del leste tomé una isla[18]. Estando ya sobre ella, se nos acercó una canoa con seis hombres a reconocernos, y apenas supieron de nosotros

---

7. Pájaros tabones y bobos. Tabón es voz tagala, que designa a un ave marítima de las zancudas, con plumaje enteramente negro. En cuanto a los bobos son palmípedas, tímidas y torpes, que anidan en cuevas en el suelo, fáciles de capturar (Santamaría).
8. Vi, BR e I: cenizarlos. Bryant, erróneamente, aclara: "Americanismo, cocinas".
9. Comienzan las diez notas al margen de la *editio princeps* (P), colocadas probablemente por Sigüenza en pruebas de imprenta. Los distintos editores, desde Vi, han dado diferentes soluciones. Subrayo aquí solo las que desvirtúan el texto original, lo que indico para las notas siguientes (aunque se correspondan con las aclaraciones puestas al margen por Sigüenza): BR cambia "una isla" por "La Trinidad", con lo que su texto pierde el sentido de incertidumbre del original, subrayado con "al parecer, grande"; I coloca entre corchetes el nombre de Trinidad después de isla; y BU lo hace después de "grande".
10. P: hechando, como nos tiene acostumbrados. C-S: echando [ellos] bandera.
11. BU: llegaría [hasta ellos].
12. C-S: viendo [ellos] a mi bordo.
13. C-S, SM y BU: presumirían [que] había.
14. SM y BU: juzgando [que] me la enviaba.
15. Velas de gavia: velas del mastelero mayor (las del trinquete se llaman velacho).
16. C-S y BU: siguiente [día].
17. BU: otro [día].
18. Esta es la segunda nota de P. BR: tomé El Barbado; I y BU: una isla (El Barbado). Buscaglia piensa que Sigüenza se equivoca y que en realidad es la isla de Tobago.

ser españoles y nosotros de ellos que eran ingleses, cuando, corriendo por nuestros cuerpos un sudor frío, determinamos morir primero de hambre entre las olas, que no exponernos otra vez a tolerar impiedades. Di[j]eron que si queríamos comerciar hallaríamos allí azúcar, tinta[19], tabaco y otros buenos géneros. Respondiles que eso queríamos, y atribuyendo a que era tarde para poder entrar, con el pretexto de estarme a la capa[20] aquella noche, y con asegurarles también el que tomaríamos puerto al siguiente día, se despidieron; y poniendo luego al instante la proa al leste, me salí a la mar.

Ignorantes de aquellos parajes y persuadidos a que no hallaríamos sino ingleses donde llegásemos, no cabía en mí ni en mis compañeros consuelo alguno, y más viendo el[21] que el bastimento se iba acabando y que si no[22] fuera por algunos aguaceros en que cogimos alguna, absolutamente nos faltara el agua. Al leste, como dije, y al lesnordeste corrí[23] tres días, y después cambié la proa al noroeste, y gobernando a esta parte seis días continuos, llegué a una isla alta y grande, y acercándome por una punta que tiene al leste[24] a reconocerla, salió de ella una lancha con siete hombres para nosotros. Sabiendo de mí ser español y que buscaba agua y leña y algún bastimento, me di[j]eron ser aquella la isla de Guadalupe, donde vivían franceses, y que con licencia del gobernador (que[25] daría sin repugnancia) podría [a]provisionarme[26] en ella de cuanto necesitase y que, si también quería negociación, no faltaría forma, como no les faltaba a algunos que allí llegaban.

Di[j]e que sí entraría[27], pero que no sabía por dónde por no tener carta ni práctico que me guiase y que me di[j]esen en qué parte del mundo nos hallábamos. Hízoles notable fuerza[28] el oírme esto, [e] instándome[29] que

---

19. Tinta: color para teñir.
20. Estar a la capa: frase náutica que significa estar el navío sin hacer viaje por algún motivo específico.
21. VI, BR, I y Ll: viendo que el bastimento.
22. P: sino fuera.
23. Correr: se usa también por navegar (*Dic. Aut.*).
24. Para Buscaglia se trata de la Punta de los Castillos, en el extremo oriental de la Grande-Terre, de la isla de Guadalupe.
25. C-S: que [se me] daría; BU: que [él] daría.
26. Todas las ediciones, desde P, menos BU, escriben "provisionarme".
27. BU: entraría [a puerto], pero.
28. Hacer notable fuerza: figuradamente violentar, causar desconfianza o incredulidad.
29. P: y instándome. C-S y BU: instándome [ellos].

de dónde había salido y para qué parte, arrepentido inmediatamente de la pregunta, sin responderles a propósito, me despedí.

No se espante quien esto leyere de la ignorancia en que estábamos de aquellas islas, porque habiendo salido de mi patria de tan poca edad, nunca supe (ni cuidé de ello después) qué islas son circunvecinas y cuáles sus nombres; menos razón había para que Juan de Casas, siendo natural de la Puebla, en lo mediterráneo de la Nueva España, supiese de ellas; y con más razón militaba lo propio en los compañeros restantes, siendo todos originarios de la India Oriental, donde no tienen necesidad de noticia que les importe de aquellos mares. Pero, no obstante, bien presumía yo el que era parte de la América en la que nos[30] hallábamos.

Antes de apartarme de allí les propuse a mis compañeros el que me parecía imposible tolerar más, porque ya para los continuos trabajos en que nos v[e]íamos[31] nos faltaban fuerzas, con circunstancia de que los bastimentos eran muy pocos, y que, pues los franceses eran católicos, surgiésemos a merced suya en aquella isla, persuadidos a que haciéndoles relación de nuestros infortunios les obligaría la piedad cristiana a patrocinarnos. Opusiéronse a este dictamen mío con grande esfuerzo, siendo el motivo el que a ellos, por su color[32] y por no ser españoles, los harían esclavos, y que[33] les sería menos sensible el que yo con mis manos los echase al mar, que ponerse[34] en las de e[x]tranjeros para experimentar sus rigores.

Por no contristarlos, sintiendo más sus desconsuelos que los míos, mareé[35] la vuelta del norte todo el día, y el[36] siguiente al nornordeste, y por esta derrota a los tres días di vista a una isla[37], y de allí, habiéndola montado por la banda del sur, y de[j]ando otra[38] por la de babor, después de dos días que fuimos al noroeste y al oesnoroeste, me hallé cercado de islotes entre[39]

30. C-S: en la que hallábamos.
31. P, Vi y C-S: víamos.
32. BU: color [de piel].
33. I: y les sería.
34. C-S y BU: ponerse [ellos] en las de.
35. Marear: dirigir el navío.
36. BU: y el [día] siguiente.
37. Tercera nota de P. BR: vista a la Barbada; I y BU: a una isla (La Barbada). Buscaglia cree que, de nuevo, la referencia es incorrecta y que se trata de La Antigua.
38. Cuarta nota de P. BR: dejando La Antigua; I: otra [La Antigua]. BU: otra [isla] (La Antigua). Buscaglia vuelve a creer que es una anotación incorrecta y que, en realidad, se trata de Monserrat.
39. Quinta nota de P. BR: entre San Bartolomé y San Martín, dos grandes islas. I y

dos grandes islas. Costome notable cuidado salir de aquí por el mucho mar y viento que hacía, y corriendo con solo el trinquete[40] para el oeste, después de tres días d[e]scubrí[41] una isla[42] grandísima, alta y montuosa; pero habiendo amanecido cosa de seis leguas sotaventado[43] de ella para la parte del sur, nunca me dio lugar el tiempo para cogerla, aunque guiñé al noroeste. Gastados poco más de otros tres días sin rematarla[44], reconocidos dos islotes[45], eché al sudueste[46], y después de un día sin notar cosa alguna ni avistar tierra, para granjear lo perdido volví al noroeste. Al segundo día de esta derrota, descubrí y me acerqué a una isla grande[47]; vide en ella, a cuanto permitió la distancia, un puerto[48] con algunos cayuelos[49] fuera y muchas embarcaciones adentro[50].

Apenas vide que salían de entre ellas dos balandras[51] con bandera inglesa para reconocerme[52], cargando todo el paño[53] me atravesé[54] a esperarlas,

---

BU: islas (San Bartolomé y San Martín). Para Buscaglia este es un indicio claro de que Alonso Ramírez revela un conocimiento competente de aquellas aguas, que contradice su alegación del comienzo del capítulo, en que se queja de carecer de carta de navegación y de no entender el derrotero holandés.

40. Trinquete: aquí, vela que se enverga en la proa.
41. P: discubri.
42. Sexta nota de P. P y C-S: discubrí. BR: cambia "una isla" por "La Española", sin advertir que si Alonso hubiera explicitado el nombre de la isla, habría llegado a territorio español y no habría tenido excusa para continuar su azarosa peregrinación. I: isla grandísima [La Española]. BU: una isla (La Española). Buscaglia advierte de la imposibilidad de cruzar de las islas Vírgenes a La Española sin divisar las costas y montañas de Puerto Rico, y nos vuelve a alertar contra las palabras del protagonista.
43. Vi y BR: sotaventando; I: sotaventeando.
44. C-S y BU: rematarla [y] reconocidos.
45. Séptima nota de P. BR: reconocidos Beata y Alto Velo; BU: dos islotes (Beata y Alto Velo).
46. BR: sudoeste; BU; suroeste.
47. Octava nota de P. BR: acerqué a Jamaica, una isla; I y BU: una isla grande (Jamaica).
48. Novena nota de P. BR: distancia, Puerto Real; I y BU: un puerto (Puerto Real).
49. Cayuelo: diminutivo de cayo, bajo de arena.
50. P: a dentro.
51. Balandra: embarcación pequeña de un solo palo, que sirve de portón de guardia a la entrada de los arsenales.
52. C-S: reconocerme [que]; BR: reconocerme; cargando.
53. Cargar todo el paño: recoger todas las velas, dejándolas listas para ser aferradas.
54. Atravesarse: colocar el costado de la nave perpendicular al viento; ponerse a la capa.

pero por esta acción o por otro motivo que ellos tendrían, no atreviéndose a llegar cerca, se retiraron al puerto. Proseguí mi camino y, para montar una punta[55] que salía por la proa[56], goberné al sur, y, montada muy para afuera[57], volví al oeste y al oesnoroeste, hasta que a los dos días y medio llegué a una isla[58] como de cinco o seis leguas de largo, pero de poca altura, de donde salió para mí una balandra con bandera inglesa. Al[59] Punto cargué el paño y me atravesé, pero después de haberme cogido el barlovento[60], reconociéndome por la popa, y muy despacio[61], se volvió a la isla. Llamela disparando una pieza sin bala, pero no hizo caso. No haber llegado a esta isla, ni [62]arrojádome al puerto de la antecedente, era a instancias y lágrimas de mis compañeros, a quienes apenas v[e]ían[63] cosa que tocase a inglés cuando al instante les faltaba el espíritu y se quedaban como azogados[64] por largo rato.

Despechado[65] entonces de mí mismo y determinado a no hacer caso en lo venidero de sus sollozos,[66] s[u]puesto[67] que no comíamos sino lo que pescábamos y la provisión de agua era tan poca que se reducía a un barril pequeño y a dos tinajas, deseando dar en cualquiera tierra para (aunque fuese poblada de ingleses) varar en ella, navegué ocho días al oeste y al oessudueste, y a las ocho de la mañana de aquel[68] en que a nuestra infructuosa

---

55. Montar una punta: rebasar felizmente un cabo de tierra anguloso.
56. Según Buscaglia, Punta Portland, en el extremo sur de Jamaica.
57. P: a fuera.
58. Décima nota de P. BR: llegué a Caymán Grande, de cinco o seis; I: a una isla [Caimán Grande]. BU: a una isla (Gran Caimán). Sigüenza anota en la margen izquierda Caimán Grande.
59. I: A punto.
60. C-S: barlovento, [fue] reconociéndome.
61. P: de espacio. El *Dic. Autoridades* recoge ambos términos como sinónimos: con flema, lentitud y parsimonia.
62. BU: [haber] arrojádome.
63. P, VI y C-S: vían.
64. Azogados: turbados, moviéndose sobresaltadamente a tontas y a locas sin saber qué hacer.
65. C-S: Rato. [Estuve] despechado. Al insertar el verbo estuve no advierten que alteran la disposición original del texto y que eliminan la construcción de ablativo absoluto, tan usual en *Infortunios*.
66. C-S: sollozos. [Era] supuesto. BU: puesto que. Corrige el original ignorando que "supuesto que" es una locución conjuntiva, causal y continuativa, de idéntico significado que "puesto que".
67. P: snpuesto, por errata de imprenta.
68. C-S y BU: de aquel [día] en que.

y vaga navegación se le puso término (por estar ya casi sobre él) reconocí un muy prolongado ba[j]o de arena y piedra[69]. No manifestando el susto que me causó su vista[70], orillándome a él como mejor se pudo por una quebrada que hacía, lo atravesé sin que hasta las cinco de la tarde se descubri[e]se[71] tierra. Viendo su cercanía[72], que por ser en e[x]tremo ba[j]a, y no haberla por eso[73] divisado, era ya mucha, antes que se llegase la noche hice subir al tope[74] por si se descubría otro ba[j]o de que[75] guardarnos, y manteniéndome a bordos[76] lo que quedó del día, poco después de anochecer di fondo en cuatro brazas y sobre piedras. Fue esto con solo un anclote, por no [h]aber más, y con un pedazo de cable de cáñamo de hasta diez brazas, ayustado[77] a otro de bejuco (y fue el que colchamos en Puliubi) que tenía sesenta; y por ser el anclote (mejor lo llamara rezón[78]) tan pequeño que solo podría servir para una chata[79], lo ayudé con una pieza de artillería entalingada[80] con un cable de guamutil[81] de cincuenta brazas. Crecía el viento al peso de la noche y con gran pujanza, y por esto y por las piedras del fondo, poco después de las cinco de la mañana se rompieron los cables.

Viéndome perdido, mareé todo el paño luego al instante por ver si podía montar una punta que tenía a la vista; pero era la corriente tan

69. I. piedra, no manifestando.
70. C-S y BU: vista [y].
71. P: descubrisse, por errata de imprenta.
72. BU: cercanía [y].
73. BU: por esto [yo] divisado [hasta entonces].
74. Hice subir al tope: mandé colocar un vigía en el palo mayor.
75. C-S y SM: de qué guardarnos.
76. BR: a bordo. Mantenerse a bordos es sostenerse en cierta posición ganando en pequeñas bordadas lo que el viento, el mar, o la corriente pudieran hacer caer el buque a sotavento.
77. Vi, BR, C-Ll: ajustado; I y SM: brazas ajustado; BU: brazas y ayustado. Ayustar es unir una cosa a continuación de la otra, como aclara BU.
78. Rezón: ancla pequeña de cuatro uñas y sin cepo, que sirve para embarcaciones menores.
79. Chata: embarcación de fondo llano, de poco calado y capaz de admitir mucha carga.
80. Entalingar: amarrar al arganeo de un anclote para darle fondo. Y arganeo es la argolla de la parte superior del anclote.
81. Guamutil: según Buscaglia, también cable de abacá, fibra extraída de una planta originaria de Filipinas, parecida al plátano y muy resistente al agua, dulce o salada, y a la humedad, utilizada para colchar cables marinos hasta la aparición de los materiales sintéticos.

en e[x]tremo furiosa que no nos dio lugar ni tiempo para poder orzar[82], con que arribando más y más y sin resistencia, quedamos varados entre múcaras[83] en la misma punta. Era tanta la mar y los golpes que daba el navío tan espantosos que no solo a mis compañeros, sino aun a mí, que an[s]iosamente deseaba aquel suceso para salir a tierra, me de[j]ó confuso, y más hallándome sin lancha para escaparlos. Quebrábanse las olas, no solo en la punta sobre[84] que estábamos, sino en lo que se v[e]ía de la costa, con grandes golpes, y a cada uno de los que a correspondencia daba el navío pensábamos que se abría y nos tragaba el abismo. Considerando el peligro en la dilación, haciendo fervorosos actos de contrición, y queriendo merecerle a Dios su misericordia sacrificándole mi vida por la de aquellos pobres, ciñéndome un cabo delgado para que lo fuesen largando, me arrojé al agua. Quiso concederme su piedad el que llegase a tierra, donde lo hice firme; y sirviendo[85] de andarivel a los que no sabían nadar, convencidos[86] de no ser tan difícil el tránsito como se lo pintaba el miedo, conseguí el que (no sin peligro manifiesto de ahogarse dos) a más de media tarde estuviesen[87] salvos.

82. Orzar: inclinar la proa hacia la parte de donde viene el viento.
83. Múcaras: bajío; conjunto de bajos del fondo, que no sobresale en la superficie. Es muy peligroso porque pueden encallar los barcos con mucha facilidad, ya que la múcara (o múcar) es una piedra porosa.
84. BU: sobre [la] que.
85. C-S y BU: sirviendo [el cabo] de andarivel. Andarivel es toda cuerda que se pone en palo, verga o costado, para que sirva de sostén o seguridad a la gente.
86. C-S: [y ellos] convencidos de; BU: convencidos [ellos] de.
87. I: estuvieran.

Capítulo VI[1]

Sed, hambre, enfermedades[2], muertes con que fueron atribulados en esta costa. Hallan inopinadamente gente católica y saben estar en tierra firme de Yucatán en la septentrional[3] América

Tendría de ámbit[o][4] la peña que terminaba[5] esta punta como doscientos pasos, y por todas partes la cercaba el mar y, aun tal vez por la violencia con que la hería, se derramaba por toda ella con grande ímpetu. No tenía árbol ni cosa alguna, a cuyo abrigo pudiésemos repararnos contra el viento, que soplaba vehementísimo y destemplado[6]; pero haciéndole a Dios Nuestro Señor repetidas súplicas y promesas, y persuadidos a que estábamos en parte[7] donde jamás saldríamos, se pasó la noche. Perseveró el viento y, por el consiguiente, no se sosegó el mar hasta de allí a tres días; pero no obstante, después de haber amanecido, reconociendo su cercanía nos cambiamos a tierra firme, que distaría de nosotros como cien pasos, y no pasaba de la cintura el agua donde más hondo. Estando todos muertos de sed y no habiendo agua dulce en cuanto se pudo reconocer en algún espacio, posponiendo mi riesgo al

---

1. P: 6.
2. BU: enfermedades [y] muertes.
3. Vi: Septemtrional.
4. P: ambitu; C-S: ámbitu; BU: [amplitud].
5. BU: terminaba en esta punta.
6. Buscaglia cree haberla identificado como Punta Herradura, un lugar inhóspito, como dice Alonso, sin vegetación y compuesto de una roca calcárea conocida en el Caribe como “diente de perro” por lo quebrado y filoso de su superficie.
7. BU: parte [de] donde.

alivio y conveniencia de aquellos míseros, determiné ir a bordo[8] y, encomendándome con toda afecto a María Santísima de Guadalupe, me arrojé al mar y llegué al navío, de donde saqué un hacha[9] para cortar y cuanto me pareció necesario para hacer fuego. Hice[10] segundo viaje y a empellones, o, por mejor decir, milagrosamente, puse un barrilete de agua en la misma playa, y no atreviéndome aquel día a[11] tercer viaje, después que apagamos todos nuestra ardiente sed, hice que comenzasen los más fuertes a destrozar palmas de las muchas que allí había para comer los cogollos, y encendiendo candela se pasó la noche.

Halláronse el día siguiente unos charcos de agua (aunque algo salobre) entre aquellas palmas, y mientras se congratulaban los compañeros por este hallazgo, acompañándome Juan de Casas, pasé al navío, de donde en el cayuco[12] que allí traíamos (siempre con riesgo por el mucho mar y la vehemencia del viento) sacamos a tierra el velacho[13], las dos velas de[14] trinquete y gavia, y pedazos de otras. Sacamos también escopetas, pólvora y municiones, y cuanto nos pareció por entonces más necesario para cualquier accidente.

Dispuesta una barraca en que cómodamente cabíamos todos[15], no sabiendo a qué parte de la costa se había de caminar para buscar gente, elegí sin motivo especial la que corre al sur. Yendo conmigo Juan de Casas y después de haber caminado aquel día como cuatro leguas, matamos dos puercos monte[s]es, y escrupulizando el que se perdiese aquella carne en tanta necesidad, cargamos con ellos para que los lograsen los compañeros. Repetimos lo andado a la mañana siguiente hasta llegar a un río de agua salada[16], cuya ancha y profunda boca nos atajó los pasos, y aunque por haber descubierto unos ranchos antiquísimos hechos de paja estábamos persuadidos a que dentro de breve se hallaría gente, con la imposibilidad de pasar adelante, después de cuatro días de trabajo, nos volvimos tristes.

8. BU: a bordo [del navío].
9. P: una hacha.
10. BU: hice [un] segundo viaje.
11. BU: a [hacer un] tercer viaje.
12. Vi: cuyuco. Un cayuco es una canoa pequeña.
13. Velacho: la gavia del trinquete.
14. I: del trinquete.
15. C-S y BU: todos [y] no sabiendo.
16. Su descripción parece corresponder con la del río Huache que hace Buscaglia, unos catorce kilómetros al sur de Punta Herradura.

Hallé a los compañeros con mucho mayores aflicciones que las que yo traía, porque los charcos de donde se proveían de agua se iban secando, y todos[17] estaban tan hinchados que parecían hidrópicos[18]. Al segundo día de mi llegada se acabó el agua, y aunque por el término de cinco[19] se hicieron cuantas diligencias nos dictó la necesidad para conseguirla, excedía a la de la mar en la amargura la que se hallaba. A la noche del quinto día, postrados todos en tierra y más con los afectos que con las voces, por sernos imposible el articularlas, le pedimos a la Santísima Virgen de Guadalupe el que, pues era fuente de aguas vivas para sus devotos[20], compadeciéndose de lo[s][21] que ya casi agonizábamos con la muerte, nos socorriese como a hijos, protestando[22] no apartar jamás de nuestra memoria, para agradecérselo, beneficio tanto. Bien sabéis Madre y Señora mía amantísima el que así pasó[23]. Antes que se acabase la súplica, viniendo por el su[d]este[24] la turbonada, cayó un aguacero tan copioso sobre nosotros que, refrigerando los cuerpos y de[j]ándonos en el cayuco y en cuantas vasijas allí teníamos provisión bastante, nos dio las vidas.

Era aquel sitio no solo estéril y falto de agua, sino muy enfermo, y aunque así lo reconocían los compañeros, temiendo[25] morir en el camino, no había modo de convencerlos para que lo de[j]ásemos. Pero quiso Dios que lo que no recabaron mis súplicas lo consiguieron los mosquitos (que también allí había) con su molestia[26]; y ellos eran sin duda alguna los que en parte les habían causado las hinchazones que he dicho con sus picadas. Treinta días se pasaron en aquel puesto comiendo chachalacas[27], palmitos[28] y algún marisco, y antes de salir de él,

17. C-S: todos [los compañeros] estaban; BU: todos [sus cuerpos] estaban.
18. Efectivamente, uno de los síntomas de la hidropesía es la hinchazón de vientre por acumulación del líquido seroso.
19. C-S y BU: cinco [días] se hicieron.
20. C-S: devotos [y] compadeciéndose.
21. P y SM: de lo que, por errata de imprenta.
22. C-S: protestando [nosotros] no apartar.
23. C-S: pasó, [porque] antes.
24. P, Vi, BR; I, C-Ll y SM: Sueste; C-S: Suroeste.
25. C-S: temiendo [ellos] morir.
26. BU: sus molestias. Y ellos eran.
27. Chachalacas: aves del tamaño de una gallina que chillan cuando vuelan.
28. Palmitos: cogollos tiernos que hay en el corazón de unas plantas cuyas hojas semejan a las de las palmas, que llegan a elevarse más de dos metros.

por no omitir diligencia, pasé al navío, que hasta entonces no se había escalimado[29], y cargando con bala toda la artillería, la disparé dos veces.

Fue mi intento el que si acaso había gente la tierra adentro[30], podía ser que les moviese el estruendo a saber la causa y que, acudiendo allí,[31] se acabasen nuestros trabajos con su venida. Con esta esperanza me mantuve hasta el siguiente día, en cuya noche (no sé cómo) tomando fuego un cartucho de a diez que tenía en la mano, no solo me la abra[s]ó, sino que me maltrató un muslo, parte del pecho,[32] toda la cara, y me voló el cabello. Curado como mejor se pudo con ung[ü]ento blanco que en la ca[j]a de medicina que me de[j]ó el condestable se había hallado, y a la subsecuente[33] mañana, dándoles a los compañeros el aliento de que yo más que ellos necesitaba, salí de allí.

Quedose (ojalá la pudiéramos[34] haber traído con nosotros, aunque fuera a cuestas[35], por lo que[36] adelante diré) quedose, digo, la fragata que, en pago de lo mucho que yo y los míos servimos a los ingleses, nos dieron graciosamente. Era (y no sé si todavía lo es) de treinta y tres codos[37] de quilla y con tres aforros[38], los palos y vergas[39] de excelentísimo pino[40], la fábrica toda de lindo gálibo[41], y tanto[42] que corría ochenta

29. BR: escatimado. Escalimar es un término náutico que significa aventar o escupir los navíos la estopa de las costuras, con la fuerza de los golpes de mar, cuando impelidos dan a la costa (*Dic. Autoridades*).
30. C-S: tierra dentro.
31. C-S: allí [ellos].
32. C-S: pecho [y].
33. BU: [subsiguiente].
34. BR y C-Ll: pudiérmos.
35. P: acuestas. El *Dic. Autoridades* recoge todavía "acuestas", como sinónima de cargada a hombros por la espalda.
36. BU: lo que [en] adelante.
37. I: todos. Codo: medida de longitud equivalente a 1,3794 metros. La quilla es la pieza de madera, o hierro, que va de popa a proa por la parte inferior del barco y en que se asienta toda su armazón.
38. BU: forros. Conjunto de vueltas de cabo delgado con que se cubre determinada parte de otro más grueso. Todavía el *Dic. Autoridades* recoge aforro como la acepción más común.
39. C-S y BU: vergas [eran] de. La verga es una percha labrada convenientemente, a la cual se asegura el grátil de la vela.
40. C-S y BU: pino [y] la fábrica.
41. Gálibo: plantilla o forma para repartir en ella la cuenta de cualquier embarcación que se fabrica.
42. BU: y tanto [así] que.

leguas[43] por singladura con viento fresco. Quedáronse en ella y en las playas nueve piezas de artillería de hierro con más de dos mil balas de a cuatro de a seis y de a diez[44], y todas de plomo,[45] cien quintales[46], por lo menos, de este metal, cincuenta barras de estaño, sesenta arrobas de hierro, ochenta arrobas de cobre del Japón, muchas tinajas de la China, siete colmillos de elefante, tres barriles de pólvora, cuarenta cañones de escopetas[47], diez llaves[48], una ca[j]a de medicinas y muchas herramientas de cirujano.

Bien [a]provisionados de pólvora y municiones, y no otra cosa, y cada uno de nosotros con su[49] escopeta, comenzamos a caminar por la misma marina[50] la vuelta del norte, pero con mucho espacio por la debilidad y flaqueza de los compañeros, y en llegar a un arroyo de agua dulce, pero bermeja[51], que distaría del primer sitio menos de cuatro leguas, se pasaron dos días. La consideración de que a este paso solo podíamos acercarnos a la muerte, y con mucha priesa[52], me obligó a que, valiéndome de las más suaves palabras que me dictó el cariño, les propusiese el que, pues ya no les podía faltar el agua y como v[e]íamos[53] acudía allí mucha volatería que les aseguraba el sustento[54], tuviesen a bien el que, acompañado de Juan de Casas, me adelantase hasta hallar poblado, de donde protestaba[55] volvería cargado de refresco para sacarlos de allí.

---

43. Legua: medida de longitud que equivale aproximadamente a unos 5.550 metros (lo que se creía que andaba normalmente un hombre en una hora).
44. Se sobreentiende que de cuatro, seis y diez libras.
45. BU: plomo, [quedáronse] cien.
46. C-S: quintales de ese metal. Quintal: medida de peso equivalente a cien libras o cuatro arrobas, aunque en algunas partes varía (*Dic. Aut.*). Es decir, unos 4.600 kilos. La arroba para sólidos equivale a unos 11,5 kilos.
47. BR, C-Ll y BU: escopeta.
48. Llave: parte principal de las armas de fuego, que sirve para dispararlas, y se compone de muelles, gatillo, rastrillo, cazoleta, descansos, calzo, plantilla y patilla.
49. Vi y BR: con escopeta.
50. Aquí, playa.
51. BU lo ha localizado como el río Bermejo. Tiene un cauce mínimo y en su desembocadura no llega a tener un metro de anchura.
52. I, C-Ll, SM y BU: prisa.
53. P, Vi y C-S: víamos; BU: y [que] como veíamos. C-Ll, SM y BU: [que] acudía
54. SM: sustento [que] tuviesen.
55. C-S, SM y BU: protestaba [que] volvería.

Respondieron a esta proposición con tan lastimeras voces y copiosas lágrimas que me las sacaron de lo más tierno del corazón en mayor raudal. Abra[z]ándose de mí me pedían con mil amores y ternuras que no los desamparase y que, pareciendo imposible en lo natural poder vivir el más robusto ni aun cuatro días, siendo la demora tan corta quisiese, como padre que era de todos, darles mi bendición en sus postreras boqueadas, y que después prosiguiese muy enhorabuena a buscar el descanso que a ellos les negaba su infelicidad y desventura en tan e[x]traños climas. Convenciéronme sus lágrimas a que así lo hiciese[56], pero pasados seis días sin que mejorasen,[57] reconociendo el que ya[58] yo me iba hinchando y que mi falta les aceleraría la muerte, temiendo ante todas cosas la mía, conseguí el que, aunque fuese muy a poco a poco, se prosiguiese el viaje.

Iba yo y Juan de Casas descubriendo lo que habían de caminar los que me seguían, y era el último, como más enfermo, Francisco de la Cruz[59], sangley, a quien desde el trato de cuerda[60] que le dieron los ingleses antes de llegar a Capon[es] le sobrevinieron mil males, siendo el que ahora le quitó la vida dos [h]inchazones en los pechos y otra en el medio de las espaldas, que le llegaba al cerebro[61]. Habiendo caminado como una legua, hicimos alto, y siendo la llegada de cada uno según sus fuerzas, a más de las nueve de la noche no estaban juntos, porque este Francisco de la Cruz aún no había llegado. En espera suya se pasó la noche, y dándole orden a Juan de Casas que prosiguiera el camino, antes que amaneciese volví en su busca. Hallelo a cosa de media legua, ya casi boqueando pero en su sentido. Deshecho en lágrimas y con mal articuladas razones, porque me las embargaba el sentimiento, le di[j]e lo que para que muriese conformándose con la voluntad de Dios y en gracia suya me pareció a propósito, y poco antes de mediodía[62] rindió

56. Vi: hieciese.
57. C-S y BU: y reconociendo.
58. I: el que yo me iba.
59. BU: Cruz, [un] sangley.
60. Trato de cuerda: castigo militar que se ejecuta atando las manos hacia atrás al reo, colgándole de ellas en una cuerda gruesa, de cáñamo, con la cual le suben a lo alto, mediante una garrucha, y luego le sueltan para que baje de golpe, sin que llegue a tocar el suelo.
61. P y SM: celebro. El *Dic. Autoridades* recoge como acepción más adecuada "celebro" que "cerebro". Aquí quiere decir cabeza.
62. I: medio día.

el espíritu. Pasadas como dos horas hice un profundo hoyo en la misma arena, y pidiéndole a la Divina Majestad el descanso de su alma, lo sepulté, y levantando una cruz (hecha de dos toscos maderos) en aquel lugar, me volví a los míos.

Hallelos alojados adelante de donde habían salido como otra legua, y a Antonio González, el otro sangley, casi moribundo; y no habiendo regalo[63] que poder hacerle ni medicina alguna con que[64] esforzarlo, estándolo consolando[65], o de triste o de cansado, me quedé dormido, y despertándome[66] el cuidado a muy breve rato, lo hallé difunto. Dímosle sepultura entre todos el siguiente día, y tomando por asunto una y otra muerte, los ex[h]orté a que caminásemos cuanto más pudiésemos, persuadidos a que así solo se salvarían las vidas. Anduviéronse aquel día como tres leguas, y en los tres siguientes se granjearon quince. Y fue la causa el que[67] con el e[j]ercicio del caminar, al paso que se sudaba, se resolvían[68] las hinchazones y se nos aumentaban las fuerzas. Hallose aquí un río de agua salada muy poco ancho y en e[x]tremo hondo, y aunque retardó por todo un día un manglar[69] muy espeso el llegar a él, reconociendo[70] después de sondarlo faltarle vado, con palmas que se cortaron se le hizo puente y se fue adelante, sin que el hallarme en esta ocasión con calentura me[71] fuese estorbo.

Al segundo día que de allí[72] salimos, yendo yo y Juan de Casas precediendo a todos, atravesó por el camino que llevábamos un disforme oso[73] y, no obstante el haberlo herido con la escopeta, se vino para mí;

---

63. Regalo: comida o bebida delicada y exquisita.
64. BR: con qué.
65. BR: estando consolado.
66. P: dispertándome. El *Dic. Autoridades* recoge ambas acepciones, aunque remite a despertar.
67. I: causa que.
68. I: revolvían.
69. Manglar: terreno de las zonas tropicales que inunda el agua del mar, formando isla bajas donde crecen árboles que viven en el agua salada.
70. C-S: reconociendo [nosotros]; BR y C-Ll: reconocido.
71. BR: calentura fuese estorbo.
72. C-Ll: que allí salimos.
73. Disforme oso: desmesurado oso. Nunca ha habido, desde su extinción en el Pleistoceno, osos en Yucatán. ¿De dónde sacó esta historia Alonso, o en qué se inspiró para contarla? ¿De una pintura al fresco de Izamal, como sugiere Buscaglia? Es posible.

y aunque me defendía yo con el mocho[74] como mejor podía, siendo pocas mis fuerzas y las suyas muchas, a no acudir a ayudarme mi compañero, me hubiera muerto. Dejámoslo allí tendido, y se pasó de largo. Después de cinco días de este suceso, llegamos a una punta de piedra, de donde me parecía imposible pasar con vida por lo mucho que me había postrado la calentura, y ya entonces estaban notablemente recobrados todos, o, por mejor decir, con salud perfecta[75]. Hecha mansión, y mientras entraban[76] el monte adentro a buscar comida, me recogí a un rancho que, con una manta que llevábamos, al abrigo de una peña me[77] habían hecho, y quedó en guarda mía mi esclavo Pedro. Entre las muchas imaginaciones que me ofreció el desconsuelo, en esta ocasión fue la más molesta el que sin duda estaba en las costas de la Florida, en la América, y que, siendo cruelísismos en e[x]tremo sus habitadores, por último habíamos de rendir[78] las vidas en sus sangrientas manos.

Interrumpiome estos discursos mi muchacho con grandes gritos, diciéndome que descubría gente por la costa, y que venía desnuda. Levanteme asustado, y tomando en la mano la escopeta me salí afuera[79] y, encubierto de la peña a cuyo abrigo estaba, reconocí dos hombres desnudos con cargas pequeñas a las espaldas y haciendo ademanes con la cabeza como quien busca algo. No me pesó de que viniesen sin armas y, por estar ya a tiro mío, les salí al encuentro[80]. Turbados ellos mucho más sin comparación que lo que yo lo estaba[81], lo mismo fue verme que arrodillarse, y puestas las manos comenzaron a dar voces en castellano y a pedir cuartel[82]. Arrojé yo la escopeta y, llegándome a ellos, los abra[c]é, y respondiéndome[83] a las preguntas que inmediatamente

74. Mocho: aquí, culata de escopeta.
75. C-S: perfecta. [Estaba] hecha.
76. Vi, BR, C-Ll y BU: entraban en el monte.
77. SM: una peña habían hecho.
78. Vi, BR y C-Ll: reunir. Sigüenza participa aquí del imaginario colonial, que consideraba extremadamente feroces y crueles a los indios de Florida. De ahí que poco después manifieste su enorme alegría al enterarse Alonso de que estaba en la costa de Bacalar.
79. P: a fuera; BR e I: fuera.
80. C-S: [Estaban] turbados ellos.
81. C-S: estaba [y] lo mismo.
82. Pedir cuartel es solicitar los vencidos buen trato a los vencedores.
83. Vi, BR e I: respondiéronme.

les hice, di[j]eron[84] que eran católicos y que, acompañando a su amo[85], que venía atrás y se llamaba Juan González[86] y era vecino del pueblo de T[ih]osuco[87], andaban por aquellas playas buscando ámbar; di[j]eron también el que era aquella costa la que llamaban de Bacala[r][88] en la provincia de Yucatán[89].

Siguiose a estas noticias tan en e[x]tremo alegres[90], y más en ocasión en[91] que la vehemencia de mi tristeza me ideaba[92] muerto entre gentes bárbaras, el darle a Dios y a su Santísima Madre repetidas gracias; y disparando tres veces, que era[93] contraseña para que acudiesen los compañeros, con su venida, que fue inmediata y acelerada, fue común entre todos el regocijo. No satisfechos de nosotros los yucatecos, dudando si seríamos de los piratas ingleses y franceses que por allí discurren, sacaron de lo que llevaban en sus mochilas para que comiésemos, y dándoles (no tanto por retorno cuanto porque depusiesen el miedo que en ellos v[e]íamos[94]) dos de nuestras escopetas, no las quisieron.

84. Vi, BR e I: dijéronme.
85. I: porque venía.
86. Con toda seguridad este Juan González tiene que ser familiar, si no es el mismo, de Juan González de Ulloa, que en 1660 fue teniente gobernador de Yucatán bajo el mando del gobernador Francisco Bazán, y más tarde se le confirmaron las encomiendas de Chulul (en las cercanías de Campeche) y Mopilá (entre Mérida y Tihosuco). No debemos olvidar que los encomenderos formaban una "casta" dentro de la sociedad yucateca y tenían clara conciencia de ser un grupo privilegiado. Constituyeron una oligarquía endogámica que perpetuó los nombres de los propietarios de las encomiendas y los emparentó entre sí con lazos de sangre. Al lector interesado por Juan González le aconsejo García Bernal, 1978, pp. 246, 248, 485 y 496; BR, p. 46, nota 89; Lorente Medina, 1996, p. 178, nota 119; y BU, p. 202, nota 541.
87. P, Vi, C-S, I, C-Ll y SM: Tejosuco. BU: Tihosuco (moderniza con el nombre actual).
88. P, Vi, C-S e I: Bacalal. Bryant la describe, siguiendo a Antonio de Alcedo, como un "playón, grande y hermoso, en la costa y provincia de Yucatán". Y documenta la villa de Salamanca de Bacalar, fundada en 1544 por el capitán Gaspar Pacheco, que fue destruida en 1652 por piratas ingleses y, como consecuencia de esto, abandonada poco después.
89. P: Iucatan.
90. BU: alegre.
91. SM: ocasión que la vehemencia.
92. BU: ideaba muerte. Idear es discurrir sin fundamento; imaginar.
93. BU: era [la] contraseña.
94. P, Vi y C-S: víamos.

A breve rato nos avistó su amo, porque venía siguiendo a sus indios con pasos lentos; y reconociendo[95] el que quería volver aceleradamente atrás para meterse en lo más espeso del monte, donde no sería fácil el que lo[96] hallásemos, quedando en rehenes uno de sus dos indios, fue el otro a persua[s]iones y súplicas nuestras a asegurarlo.

Después de una muy larga[97] plática que entre sí tuvieron, vino, aunque con sobresalto y recelo según por el rostro se le advertía y en sus palabras se denotaba, a nuestra presencia; y hablándole yo con grande benevolencia y cariño, y haciéndole una relación pequeña de mis trabajos grandes, entregándole todas nuestras armas para que depusiese el miedo con que lo v[e]íamos[98], conseguí el que se quedase con nosotros aquella noche, para salir a la mañana siguiente donde[99] quisiese llevarnos. Díj[o]nos, entre varias cosas que se parlaron[100], le agradeciésemos a Dios por merced muy suya el que no me hubiesen visto sus indios primero y a largo trecho, porque si teniéndonos por piratas se retiraran al monte para guarecerse en la espesura, jamás saldríamos de aquel paraje inculto y solitario porque nos faltaba embarcación para conseguirlo.

95. C-S: reconociendo [nosotros] el que.
96. BU. El que los hallásemos.
97. Vi y BR: una larga plática.
98. P, Vi y C-S: víamos.
99. BU: [a]donde.
100. BU: parlaron, [que] le.

Capítulo VII[1]

Pasan a T[ih]osuco;[2] de allí a Valladolid, donde experimentan molestias. Llegan a Mérida. Vuelve Alonso Ramírez a Valladolid, y son aquellas[3] mayores. Causa porque[4] vino a México, y lo que de ello resulta

Si a otros ha muerto un no esperado júbilo, a mí me quitó la calentura el que ya se puede discurrir si sería grande. Libre, pues, de ella[5], salimos de allí cuando rompía el día y, después de haber andado por la playa de la ensenada[6] una legua, llegamos a un puertecillo donde tenían varada una canoa en[7] que habían pasado. Entramos en ella, y, quejándonos todos de mucha sed[8], haciéndonos desembarcar en una pequeña isla de las muchas que allí se hacen, a que viraron luego, hallamos un edificio, al parecer antiquísimo, compuesto de solas cuatro paredes, y en el medio de cada una de ellas una pequeña puerta y, a correspondencia, otra en el medio de mayor altura (sería la de las paredes de afuera como tres estados[9]).

1. P: 7.
2. P: Teiosvco; Vi, C-Ll, y SM: Tejosuco; BR: Tihosuco; I: Tojuzuco; y BU: Tihosuco [y] de.
3. BU: aquellas [molestias] mayores.
4. SM: por qué vino.
5. BU: de ella [yo], salimos.
6. Ensenada: cala, rada, porción de tierra en que entra el mar, y haciendo seno, sirve de abrigo a las embarcaciones.
7. Vi, BR e I: canoa que.
8. C-S; sed y haciéndonos.
9. Estado: medida de longitud tomada de la estatura regular de un hombre, equivalente a siete pies. Buscaglia piensa que se trata de las ruinas de Tupac, que se

Vimos también allí cerca unos po[z]os hechos a mano y llenos todos[10] de excelente agua. Después que bebimos hasta quedar satisfechos, admirados[11] de que en un islote que bo[j]eaba[12] doscientos[13] pasos se hallase agua, y con las circunstancias del edificio que tengo dicho, supe el que no solo este, sino otros que se hallan en partes de aquella provincia, y mucho mayores, fueron fábrica de gentes que muchos siglos antes que la conquistaran los españoles vinieron a ella[14].

Prosiguiendo nuestro viaje, a cosa de las nueve del día se divisó una canoa de mucho porte[15]. Asegurándonos la vela que traían (que se[16] reconoció ser de petate o estera, que todo es uno) no ser piratas ingleses como se presumió, me propuso Juan Gonzále[z] el que les embistiésemos y los apresásemos. Era el motivo que para cohonestarlo[17] se le ofreció el que eran indios gentiles de la sierra los que en ella iban y que, llevándolos al cura de su pueblo para que los catequizase, como cada día lo hacía con otros, le haríamos con ello un estimable obsequio, a que se añadía el que habiendo traído bastimento para solos tres[18], siendo ya nueve los que allí ya íbamos y muchos los días que sin esperanza de hallar comida habíamos de consumir para llegar a poblado, podíamos, y aun debíamos, valernos de los que sin duda llevaban los indios[19].

Pareciome conforme a razón lo que proponía, y a vela y remo les dimos caza. Eran catorce las personas (sin[20] unos muchachos) que en la canoa iban; y habiendo hecho poderosa resistencia disparando sobre nosotros lluvias de flechas[21], atemorizados de los tiros de escopeta que,

---

encuentran ocultas por un manglar, en el extremo sur de la laguna de Santa Rosa (de la bahía de la Ascensión).

10. Vi: llenos llenos de excelente; BR e I: y llenos de excelente.
11. BU: admiramos.
12. P y Vi: boxear. Bojear es medir la circunferencia y circuito de una isla.
13. Recordemos que P siempre escribe docientos, trecientos, que era más correcto.
14. Alonso se refiere a los restos de las construcciones mayas de este lugar de la costa yucateca.
15. C-S: porte [y] asegurándonos.
16. I: que reconoció.
17. Cohonestar: dar apariencia de justa y razonable a una acción que no lo es.
18. C-S: tres [y] siendo.
19. BR: llevaban indios. Pareciome. En este fragmento Juan González propone a Alonso Ramírez asaltar y robar a los indios con el pretexto de catequizarlos y a Alonso le parece bien.
20. BU: sin [contar a] unos muchachos.
21. C-S: flechas, [fueron] atemorizados; BU: [estaban] atemorizados.

aunque eran muy continuos y espantosos, iban sin balas, porque siendo impiedad matar a aquellos pobres sin que nos hubiesen ofendido ni aun levemente, di rigurosa orden a los míos de que fuese así. Después de haberles abordado, le hablaron a Juan Gonzále[z], que entendía su lengua, y prometiéndole un pedazo de ámbar que, pesaría dos libras, y cuanto maíz quisiésemos del que allí llevaban, le pidieron la libertad. Propúsome el que si así me parecía, se les concediese, y desagradándome el que más se apeteciese el ámbar que la reducción de aquellos miserables gentiles al gremio de la Iglesia Católica, como me insinuaron, no vine[22] en ello. Guardose Juan Gonzále[z] el ámbar y, amarradas las canoas y asegurados los prisioneros, proseguimos nuestra derrota hasta que, atravesada la ensenada[23] ya casi entrada la noche, saltamos en tierra.

Gastose el día siguiente en moler maíz y disponer bastimento para los seis[24] que di[j]eron habíamos de tardar para pasar el monte, y echando[25] por delante a los indios con la provisión, comenzamos a caminar. A la noche de este día, queriendo sacar lumbre con mi escopeta[26], no pensando estar cargada y no poniendo por esta inadvertencia el cuidado que se debía[27], saliéndoseme de las manos y lastimándome el pecho y la cabeza con el no prevenido golpe, se me quitó el sentido. No volví en mi acuerdo[28] hasta que cerca de medianoche comenzó a caer sobre nosotros tan poderoso agua[c]ero que, inundando el paraje en que nos alojamos y pasando casi por la cintura la avenida[29], que fue improvisa[30], perdimos la mayor parte del bastimento y toda la pólvora, menos la que tenía en mi g[ar]niel[31]. Con esta incomodidad, y llevándome cargado los indios

22. Venir en ello: metafóricamente, asentir, aceptar el dictamen de otro.
23. C-S: ensenada [y] ya casi.
24. C-S: seis [días] que dijeron [que] habíamos.
25. P: hechando.
26. C-S: escopeta [y] no pensando.
27. C-S ponen entre corchetes indebidamente explotó.
28. Acuerdo: juicio, conocimiento.
29. Avenida: impetuosa y súbita corriente del río o arroyo, por el concurso inesperado de aguas, que se salen de madre y corren furiosa y precipitadamente.
30. BU: imprevista.
31. P, Vi, C-S, BR, I, C-Ll, SM y BU: graniel. Sin duda es una metátesis lingüística de garniel, producida por errata de imprenta en P, seguida por todas las demás ediciones. Garniel es una bolsa de cuero colgada a un cinturón (o el propio cinturón del que cuelgan dichas bolsas), usada por los arrieros para guardar el dinero. En este caso, lo que había guardado Alonso era la pólvora.

porque no podía moverme,[32] dejándonos a sus dos[33] criados para que nos guiasen[34], y habiéndose Juan Gonzále[z] adelantado, así para solicitarnos algún refresco como para noticiar a los indios de los pueblos inmediatos, adonde habíamos de ir, el que no éramos piratas, como podían pensar, sino hombres perdidos que íbamos a su amparo[35][,] proseguimos por el monte nuestro camino sin un indio y una india de[36] los gentiles que, valiéndose del aguacero, se nos huyeron. Pasamos excesiva hambre hasta que dando en un plantanal[37], no solo comimos hasta satisfacernos, sino que, proveídos de plántanos asados, se pasó adelante.

Noticiado por Juan Gonzále[z] el beneficiado[38] de T[ihos]uco[39] (de quien ya diré) de nuestros infortunios, nos despachó al camino un muy buen refresco, y fortalecidos con él llegamos el[40] día siguiente a un pueblo de su feligresía, que dista como una legua de la cabecera y se nombra

32. C-S: [y] dejándonos.
33. BU: a sus criados.
34. C-S: guiasen [Juan González se fue]. Y habiéndose
35. P, Vi, BR, I y SM: tras amparo, hacen punto y aparte, sin observar que a tan larga frase le falta el verbo principal, que, sin duda, es "proseguimos" (caso de que no haya habido un salto de línea en la impresión, cosa probable). C-S ya lo observaron y colocaron [proseguimos] tras amparo, pero luego continuaron el párrafo siguiente con la repetición de "Proseguimos". C-Ll, siguiendo mi trabajo de 1996, lo consideran un error de redacción de Sigüenza, o "un salto de línea en la impresión". Y BU, siguiendo a C-Ll, afirma que es un error de impresión. La verdad es que dicho error se podría subsanar perfectamente diciendo "se adelantó Juan González"; pero como el texto no da lugar a ello, preferimos ofrecer la lectura que hemos colocado en nuestra edición.
36. P: indiade, por errata de imprenta.
37. BR, I y C-Ll: platanal y plátanos; SM: platanal, pero luego edita plántanos; BU: platanar y plátanos. El *DRAE* recoge indistintamente las tres acepciones.
38. Beneficiado: presbítero.
39. P: Tejozuco, por proximidad etimológica al topónimo maya "Tixhotzuc", posiblemente porque todavía no estaba fijado el nombre. A la par es una muestra más de la indeferenciación en el texto entre los sonidos sibilantes y los interdentales (s/z). En 1689 Tihosuco dependía del ayuntamiento de Valladolid y era el primer pueblo de españoles en la frontera oriental de su jurisdicción, quizá por ello fue destruido por los bucaneros franceses de Grammont y Lorencillo en 1685. Recuperó su prosperidad el siglo siguiente, llegando a ser el granero de Yucatán. Fue totalmente destruido durante la Guerra de Castas (1847-1852). Y fue repoblado a mediados del siglo xx y encuadrado dentro de la jurisdicción de Quintana Roo (Rubio Mañé, 1959, II, pp. 128-129).
40. I: al día.

Tila, donde hallamos gente de parte suya que, con un regalo de chocolate y comida espléndida[41], nos esperaba. Allí nos detuvimos hasta que llegaron caballos en que montamos[42], y rodeados[43] de indios que salían[44] a vernos como cosa rara, llegamos al[45] pueblo de T[ihos]uco como a las nueve del día.

Es pueblo no solo grande sino delicioso y ameno; asisten en él muchos españoles y entre ellos D. Melchor Pacheco[46], a quien acuden los indios como[47] a su encomendero. La iglesia parroquial se forma de tres naves y está adornada con excelentes altares, y cuida de ella como su cura beneficiado el licenciado D. Cristóbal[48] de Muros, a quien jamás pagaré dignamente lo que le debo y para cuya alabanza me faltan voces. Saliónos a rec[i]bir[49] con el cariño de padre y, conduciéndonos a la iglesia, nos ayudó a dar a Dios Nuestro Señor las debidas gracias por habernos sacado de la opresión tirana de los ingleses, de los peligros en que nos vimos por tantos mares, y de los que últimamente toleramos en aquellas costas; y acabada[50] nuestra oración, acompañados de todo el pueblo, nos llevó a su casa.

En ocho días que allí estuvimos a mí y a Juan de Casas nos dio su mesa abastecida de todo, y desde ella enviaba siempre sus platos a diferentes pobres. Acudióseles también, y a proporción de lo que con nosotros se hacía, no solo a los compañeros, sino a los indios gentiles, con[51]

41. Vi: Expléndida.
42. I: montarnos.
43. BU: rodeado.
44. BU: llegaban.
45. I: nl pueblo, por errata de imprenta.
46. Don Melchor Pacheco era un poderoso encomendero yucateco (con más de 1.800 indios en su encomienda) que tuvo relaciones con la familia del deán de la catedral de México, como se puede ver en nuestra introducción. Familia sin duda de don Ceferino Pacheco, encomendero de Tihosuco en 1686, y descendiente del conquistador Melchor Pacheco (Lorente Medina, 1996, pp. 177-178). BU nos ofrece dos nuevos documentos que confirman su encomienda en Euán (próxima a Mérida), p. 208, nota 567.
47. BU: como su encomendero.
48. P: Christoval, como siempre que aparece este nombre (así también Cristóbal de Medina, el maestro alarife del capítulo I).
49. P: recebir.
50. BU: acabada la oración.
51. BR: en abundancia.

abundancia. Repartió estos[52] (después de haberlos vestido) entre otros que ya tenía bautizados de los de sus nación para catequizarlos[53], y disponiéndonos para la confesión, de que estuvimos imposibilitados por tanto tiempo, oyéndonos con la paciencia y cariño que nunca he visto, conseguimos el día de Santa Catalina[54] que nos comulgase. En el ínterin que esto pasaba, notició a los alcaldes de la villa de Valladolid (en cuya comarca cae[55] aquel pueblo) de lo sucedido; y dándonos carta así para ellos como para el guardián de la vicaría de Tixcacal[56], que nos recibió con notable amor, salimos de T[ih]osuco para la villa con su beneplácito. Encontronos en este pueblo de Tixcacal un sargento que remitían los alcaldes para que nos condu[j]ese, y en llegando a la villa y a su presencia, les di carta. Eran dos estos alcaldes, como en todas partes se usa[57]: llámase el uno D. Francisco[58] de Zelerún, hombre a lo que me pareció poco entremetido y de muy buena intención, y el otro D. Zephirino[59] de Castro.

No puedo proseguir sin referir un donosísimo cuento que aquí pasó. Sabiéndose, porque yo se lo había dicho a quien lo preguntaba, ser esclavo mío el negrillo Pedro[60], esperando uno de los que me habían examinado a que estuviese solo, llegándose a[61] mí y echándome los brazos al cuello, me dijo así:[62] "[¿]Es posible, amigo y querido paisano mío, que os ven mis ojos[?] [¡]Oh, cuántas veces se me han anegado en lágrimas al acordarme de vos! ¡Quién me dijera que os

52. BU: estos [indios].
53. BR e I: catequizarlos, disponiéndonos.
54. 25 de noviembre de 1689.
55. P: cae a aquel pueblo. Aquí con sentido de pertenecer.
56. Vicaría de Tixcacal: vicaría franciscana, situada al oeste de Tihosuco, donde se ejecutó el protocolo de transferencia de la custodia de sospechosos de manos de la Iglesia a la del Estado. Hoy día constituye una subcomisaría de Mérida.
57. BR: usan; I, C-Ll y SM: veía.
58. BR: Francisco Zelerún. García Bernal, 1978, pp. 234 y 546, lo ha relacionado con Michaela Zelerún, pensionista de la encomienda de Tixhualahtun.
59. Vi e I: Ziphirino; C-S: Cefirino; BR y C-Ll, Ceferino; BU: Ceferino. Don Ceferino de Castro era encomendero de Yalcoba en 1688 (García Bernal, 1978, p. 527, y Lorente Medina, p. 177). Su tío, Ceferino de Castro y Velasco, fue nombrado regidor de Campeche en abril de 1689 (BU, p. 209, nota 574).
60. C-S: Pedro, [estaba] esperando.
61. BU: llegándose [hacia] mí.
62. En P e I las palabras del pícaro interrogador están resaltadas en cursiva. Hemos optado por entrecomillar los textos en estilo directo del interrogador y de Alonso de las misma forma que hicieron Vi, C-S, BR, C-L y BU

había de ver en tanta miseria! [¡]Abrazadme recio, mitad de mi alma, y dalde[63] gracias a Dios de que esté yo aquí[!]". Preguntele quién era y cómo se llamaba, porque de ninguna manera lo conocía[64]. "[¿] Cómo es eso", me replicó, "cuando no tuvist[e]is[65] en vuestros primeros años mayor amigo[?] Y para que cono[z]cáis el que todavía soy el que entonces era, sabed que corren voces que sois espía de algún co[r]sario[66], y noticiado de ello el gobernador de esta provincia os hará prender, y sin duda alguna os atormentará. Yo, por ciertos negocios en que intervengo, tengo con Su Señoría relación estrecha, y lo mismo es proponerle yo una cosa que ejecutarla. Bueno será granjearle la voluntad presentándole ese negro, y para ello no será malo el que[67] me hagáis donación de él. Considerad que el peligro[68] en que os veo es en e[x]tremo mucho. Guardadme el secreto y mirad por vos; si así no se hace[69], persuadiéndoos a que no podré[70] redimir vuestra vejación si lo que os propongo, como tan querido y antiguo amigo vuestro, no tiene forma"[71]. "No soy tan simple", le respondí, "que no recono[z]ca ser vuestra merced[72] un grande embustero y que puede dar l[ec]ciones[73] de robar a los mayores co[r]sarios. A quien me regalare con trescientos[74] reales de a ocho[75] que vale, le regalaré con

63. Vi, C.S, BR, I, C-Ll, SM y BU: Dadle. Mantengo la metátesis lingüística porque creo que Sigüenza bien pudo imprimir este coloquialismo, tan usual, por otra parte, en el lenguaje oral de la época, para subrayar el carácter oral del párrafo.
64. I: hace punto y aparte.
65. P y C-S: tuvistis.
66. P: cosario. Hasta el siglo XVIII era frecuente el uso indistinto de los términos corsario y cosario.
67. C-Ll: sería malo el que me hagáis. BU: el que [primero] me hagáis.
68. I: peliqro; y dos renglones después amiqo (ambas erratas de imprenta).
69. C-S: hace, [estoy].
70. I: podrá.
71. I: hace punto y aparte.
72. P: Vmd.
73. P y C-S: liciones. El *Dic. Autoridades* recoge ambas acepciones, si bien en lición remite a lección.
74. P: trecientos. Recordemos que la acepción trescientos no fue registrada por la RAE hasta 1837.
75. Real de a ocho: moneda de plata que contiene el peso y el valor de ocho reales de plata, o, lo que es igual, de doce reales de vellón. Y cada real de vellón importa treinta y cuatro maravedíes.

mi negro, y vaya con Dios". No me replicó, porque, llamándome de parte de los alcaldes[76], me quité de allí[77].

Era D. Francisco de Zelerún no solo alcalde sino también teniente[78], y como de la declaración que le hice de mis trabajos resultó saberse por toda la villa lo que de[j]aba en las playas, pensando muchos el que por la necesidad casi extrema que padecía haría baratas[79], comenzaron a prometerme dinero porque les vendiese siquiera lo que estaba en ellas, y me daban luego quinientos pesos. Quise admitirlos y volver con algunos que me ofrecieron su compañía, así para remediar la fragata como para poner cobro a lo que en ella tenía; pero enviándome a notificar D. Zefirino de Castro el que debajo de graves penas no saliese de la villa para las playas, porque la embarcación, y cuanto en ella venía, pertenecía a la Cruzada[80], me quedé suspenso y, acordándome del sevillano Miguel, encogí los hombros. Súpose también cómo al encomendero de T[ihos]uco, don Melchor Pacheco, le di un cri[s][81] y un espadín mohoso que conmigo traía, y de que[82] por cosa extraordinaria se aficionó; y persuadido[83] por lo que dije del saqueo de [Suca]dana a que tendrían[84] empuñadura de oro y diamantes, despachó luego al instante por él con iguales pe[n]as[85], y noticiado de que quería yo pedir de mí justicia[86] y que se me oyese, al segundo día me remitieron a Mérida.

Lleváronme con la misma velocidad con que yo huía con mi fragata cuando avistaba ingleses, y sin permitirme visitar el milagroso santua-

76. C-S: alcaldes [alguien].
77. Vi y BR hacen punto y seguido, desestimando el texto de P.
78. Se sobreentiende que teniente de gobernador, y respondía, por eso, ante este, además de ante el cabildo.
79. Hacer baratas es dar cosas a menos precio por despacharlas y salir de ello.
80. Se refiere Alonso a la bula de Cruzada. Dicha bula fue otorgada por el papa, durante el siglo XII, a los reyes cristianos para obtener fondos con que luchar contra los musulmanes y propagar la fe católica en la Península Ibérica. Dicha bula extendió su influencia a América por analogía y se aplicó a la piratería. Valiéndose de ella, don Ceferino de Castro pretendió confiscar todos los bienes del naufragio (C-S, p. 85, nota 228; BU, pp. 210, nota 579 y Lorente Medina, 2013, pp. 319-320).
81. P: vn Criz; BU: una cris.
82. SM: de[l] que.
83. C-S: persuadido [don Cefirino de Castro]; Vi y BR: persuadidos.
84. BU: tendrían [la cris y el espadín] empuñadura.
85. P: peuas, por error de impresión.
86. Vi, BR y C-Ll, I y BU: de mi justicia.

rio de Nuestra Señora de Izamal[87], a ocho de diciembre de 1689 dieron conmigo mis conductores en la ciudad de Mérida. Reside en ella como gobernador y capitán general de aquella provincia D. Juan José[88] de la Bárcena, y después de haberle besado la mano yo y mis compañeros y dádole[89] extrajudicial relación de cuanto queda dicho, me e[nv]ió[90] a las que llaman Casas Reales de San Cristóbal, y a quince[91], por orden suyo me tomó declaración de lo mismo el sargento mayor Francisco Guerrero[92]; y a siete de enero[93] de 1690, Bernardo Sabido, escribano real[94], certificac[ión][95] de que después de haber salido perdido por aquellas costas, me estuve hasta entonces en la ciudad de Mérida.

Las molestias que pasé en esta ciudad no son ponderables. No hubo vecino de ella que no me hiciese relatar cuanto aquí se ha escrito, y esto no una, sino muchas veces. Para esto solían llevarme a mí y a los míos de casa en casa, pero al punto de mediodía[96] me despachaban todos. Es aquella ciudad, y generalmente toda la provincia, abundante y fértil y muy barata. Y si no fue el licenciado D. Cristóbal de Muros mi único amparo, un criado del encomendero D. Melchor Pacheco, que me dio un capote, y el ilustrísimo señor obispo D. Juan Cano y Sandoval[97], que

---

87. P, I y SM: Ytzamal. Vi y C-S: Itzamal. Modernizo Izamal. Dicho santuario está a mitad de camino entre Mérida y Valladolid.
88. P e I: Juan Joseph de la Bárcena. BU recoge un documento en el que aparece nombrado como gobernador de Yucatán en 1683; pero Molina Solís (1913, II, pp. 322-329) nos ofrece datos de su gobierno desde 1688 hasta 1693. En cualquier caso, su nombramiento tuvo que ver con su perfil castrense: militar enérgico, rápidamente tomó medidas oportunas para hacer inexpugnable Campeche del acoso de los filibusteros.
89. BU: dándole.
90. P: embiò.
91. C-S: quince [de diciembre]; I: a 15, por.
92. Francisco Guerrero, sargento mayor de Mérida, había sido alcalde de esta ciudad en el período 1678-1680 y después en 1684, según señala Rubio Mañé (1941, pp. 77-78). Más información en García Bernal, 2006, p. 323, nota 27.
93. P: Henero.
94. García Bernal, 1978, lo documenta como escribano real en Mérida desde 1681. Fue designado para el puesto el 27 de enero de 1674 (López Lázaro, 2011, p. 201, nota 33).
95. P: certificacó; Vi, BR, I y C-Ll: certificación; C-S, SM y BU: certificó. Creo que la palabra correcta es certificación, porque "certificó de que" constituye un dequeísmo incorrecto, que Sigüenza no cometería nunca.
96. En la época en que escribe Sigüenza era frecuente "medio día" y "media noche".
97. Alonso Ramírez se hace eco de su piedad. Fue obispo entre 1688 y 1693 y ayudó

me socorrió con dos pesos, no hubo persona alguna que, viéndome a mí y a los míos casi desnudos y muertos de hambre, e[x]tendiese[98] la mano para socorrerme. Ni comimos en las que llaman Casas Reales de San Cristóbal[99] (son un honrado mesón en que se albergan forasteros) sino lo que nos dieron los indios que cuidan de él, y se redujo a tortillas de maíz y cuotidianos[100] frijoles. Porque rogándoles una vez a los indios el que mudasen manjar[101], diciendo que aquello lo daban ellos (pónganse[102] por esto en el catálogo de mis benefactores) sin esperanza de que se lo pagase quien allí nos puso, y que así me contentase con lo que gratuitamente me daban, callé mi boca.

[103]Faltándome los frijoles con que en las Reales Casas de San Cristóbal me sustentaron los indios, y fue esto el mismo día en que dándome la certificación me dijo el escribano[104] tenía ya libertad para poder irme donde gustase, valiéndome del alférez Pedro Flores de Ureña[105], paisano mío, a quien si a correspondencia de su pundonor y honra, le hubiera

---

con donativos a la construcción de la muralla de Campeche (Lorente Medina, 1996, pp. 176-177). Tanto Buscaglia como López Lázaro recogen el documento por el que el papa Inocencio XI lo nombró obispo de Mérida el 7 de diciembre de 1682.

98. P y C-S: estendiese; BU: extendiesen.
99. P: S. Christoval. Como aclara Alonso, estas casas constituían una hospedería para los viajeros y desamparados en el barrio de San Cristóbal de Mérida, que la llevaban indios del valle central de México, de antaño pobladores del barrio, que habían llegado a Mérida el siglo anterior como fuerzas auxiliares de los españoles durante la conquista de la península yucateca.
100. P: quotidianos; Vi, BR, I, C-Ll, SM y BU: cotidianos. Quotidianos era la acepción más correcta aún en el siglo XVIII. Cotidiano remite en el *Dic. Aut.* a quotidiano. Hoy, el *DRAE* recoge cotidiano y cuotidiano.
101. C-S: manjar, [fueron] diciendo.
102. Vi, BR, I y C-Ll: póngase.
103. C-S hablan de la existencia de una laguna en el texto; pero no han advertido que todo el párrafo es una construcción en ablativo absoluto (como tantos otros párrafos de *Infortunios*) sobre la base de gerundios, cuya gradación enumerativa explica la necesidad extrema en que se encontraba Alonso, que lo llevó a vender a su esclavo.
104. C-S y SM: escribano [que] tenía; BU: escribano [real que] tenía.
105. En un esfuerzo ímprobo, digno de encomio, López Lázaro, 2011, p. 201, nota 244, ha encontrado un documento en Simancas (AGS), en que se cita a un tal Pedro Flores, Guerra, 86, fol. 10. Es tan vaga la coincidencia homónima que no se le puede dar, en principio, carta de naturaleza.

acudido la fortuna, fuera sin duda alguna muy poderoso[106], precediendo información que di con los míos de pertenecerme, y con declaración que hizo el negro Pedro de ser mi esclavo, lo vendí en trescientos pesos con que vestí a aquellos, y dándoles alguna[107] ayuda de costa para que buscasen su vida, permití (porque se habían juramentado de asistirme siempre)[108] pusiesen la proa de su elección donde los llamase el genio.

Prosiguiendo D. Zefirino de Castro en las comenzadas diligencias, para recaudar con el pretexto frívolo de la Cruzada lo que la bula de la Cena[109] me aseguraba en las playas y en lo que estaba a b[or]do[110], quiso abrir camino en el monte para[111] conducir a la villa en recuas lo que a hombros de indios no era muy fácil. Opúsosele[112] el beneficiado D. Cristóbal de Muros, previniendo[113] era facilitarles a los corsantes y piratas que por allí cruzan el que robasen los pueblos de su feligresía, hallando camino andable y no defendido para venir a ellos. Llevome la cierta noticia que tuve de esto a Valladolid; quise pasar a las playas a ser ocular testigo de la iniquidad que contra mí y los míos hacían los que, por españoles y católicos, estaban obligados a ampararme y a socorrerme con sus propios bienes; y llegando al pueblo de Tila con amenazas de que sería declarado por traidor al rey, no me consintió el alférez Antonio Zapata[114] el que pasase de allí, diciendo[115] tenía orden de D. Zefirino de Castro para hacerlo así.

A persua[s]iones y con fomento de D. Cristóbal de Muros, volví a la ciudad de Mérida; y habiendo pasado la Semana Santa en el san-

106. C-S: poderoso, [y] precediendo.
107. P: alguna alguna ayuda. Error de impresión.
108. C-S, SM y BU: [que] pusiesen.
109. Ya C-S aclararon que Ramírez invalidaba con esta argumentación legal los argumentos de la *Bula de Cruzada* esgrimidos por Ceferino de Castro. Y efectivamente la cuarta sentencia de la bula *In Coena Domini*, promulgada por Urbano VIII en 1627, condenaba a cualquiera que se apropiara de los bienes de un católico cuya embarcación naufragara o se perdiese. BU, p 212, nota 590, también destaca este hecho. El lector interesado puede ver la más extensa argumentación en el estudio de López Lázaro, como indico en la introducción.
110. P: brodo. Errata de imprenta.
111. P: para para conducir. Error de impresión.
112. I: Opúsose.
113. C-S y SM: previniendo [que] era.
114. López Lázaro cree que, quizá, este personaje sea el mismo que fue nombrado capitán de infantería en 1707 (p. 202, nota 250).
115. SM y BU: diciendo [que].

tuario de Izamal[116], llegué a aquella ciudad el miércoles después de Pascua. Lo que decretó el gobernador, a petición que le presenté, fue[117] tenía orden del excelentísimo señor virrey de la Nueva España para que viniese a su presencia con brevedad. No sirvieron de cosa alguna réplicas mías, y sin de[j]arme aviar salí de Mérida[118] domingo, dos de abril; viernes, siete llegué a Campeche; jueves, trece, en una balandra del capitán Peña[119] salí del puerto; domingo, dieciséis, salté en tierra en la Veracruz[120]. Allí me aviaron los oficiales reales con veinte pesos y, saliendo de aquella ciudad a veinticuatro del mismo mes, llegué a México a cuatro de [mayo][121].

El viernes siguiente besé la mano a su excelencia, y correspondiendo sus cariños afables a su presencia augusta, compadeciéndose primero de mis trabajos y congratulándose de mi libertad con parabienes y plácemes, escuchó atento cuanto en la vuelta entera que he dado al mundo queda escrito, y[122] allí solo le insinué a su excelencia en compendio breve. Mandome (o por el afecto con que lo mira, o quizá porque estando enfermo divirtiese sus males con la noticia que yo le daría de los muchos[123] míos) fuese a visitar a D. Carlos de Sig[ü]enza y Góngora, cosmógrafo y catedrático de Matemáticas del rey nuestro señor en la Academia Mexicana, y capellán mayor del Hospital Real del Amor de Dios de la ciudad de México (títulos son estos que suenan mucho y valen muy poco, y a cuyo e[j]ercicio le empeña más la reputación que la conveniencia). Compadecido de mis trabajos, no solo formó esta relación en que se contienen, sino que me consiguió, con la intercesión y súplicas que en mi presencia hizo al excelentísimo señor virrey[124], decreto para que D. Sebastián

116. P, Vi y SM: Itzmal; I: Ytzamal; C-Ll: Itzamal. Las dudas en P entre Itzamal e Itzmal se corresponden con las dificultades de fijar un vocablo sobre el que pesaba tanto su etimología maya.
117. C-S: fue [que] tenía.
118. BU: Mérida [el] domingo.
119. López Lázaro, 2011, nota 252, especula con la probabilidad de que este capitán Juan Peña sea el mismo que operaba con un barco de esclavos en el Atlántico unas décadas antes (1670-1660).
120. P: Vera-Cruz; SM: Vera Cruz; BU: en Veracruz. Actualmente la ciudad de Veracruz.
121. P y Vi: abril. Error evidente, arreglado a partir de C-S.
122. BU: y [que] allí.
123. BU: muchos [males] míos.
124. C-S y BU: Virrey [un] decreto.

de Guzmán y Córdoba[125], fa[c]tor[126], veedor y proveedor de las Ca[j]as Reales, me socorriese, como se hizo; otro[127] para que se me entretenga en la Real Armada de Barlovento hasta acomodarme; y mandamiento para que el gobernador de Yucatán[128] haga que los ministros que corrieron con el embargo o seguro[129] de lo que estaba en las playas y hallaron a bordo, a mí, o a mi podatario[130], sin réplica ni pretexto lo entreguen todo. Ayudome para mi viático[131] con lo que pudo, y disponiendo[132] bajase a la Veracruz en compañía de D. Juan Enríquez Barroto[133], capitán de la artillería de la Real Armada de Barlovento[134], mancebo excelentemente consumado en la hidrografía, docto en las ciencias matemáticas y, por eso, íntimo amigo y huésped suyo en esta ocasión, me e[x]cusó de gastos.

---

125. Cualquier conocedor de la obra de Sigüenza sabe que D. Sebastián de Guzmán y Córdoba fue el prologuista de la *Libra Astronómica y Philosóphica*, además de amigo del sabio mexicano, incitador de la publicación de este libro y mecenas del mismo. Sostenedor de las mismas ideas científicas que Sigüenza, muestra la homogeneidad hispana a uno y otro lado del Atlántico de los conocimientos científicos. Al lector interesado le recomiendo Lorente Medina, 1996, pp. 56 y 68-69.
126. P: fator. El *Dic. Autoridades* recoge ambos términos, si bien remite fator a factor.
127. BU: otro [decreto] para.
128. P: Iucatan.
129. Seguro: licencia, o permiso, que se concede para ejecutar lo que sin él no se pudiera.
130. Podatario: persona con poder para representar a otra.
131. Vi e I: viaje. Viático es la cantidad asignada, en especie o en dinero, para el sustento de quien realiza un viaje.
132. C-S, SM y BU: disponiendo [que] bajase.
133. Otro personaje suficientemente conocido por cualquier lector de Sigüenza y Góngora, que ya pormenoricé en 1996, p. 178. Fue su discípulo predilecto. Incluso Beristáin, 1816, p. 156, ofrece datos suficientes en su *Bibliografía*: "Piloto de la Armada de Barlovento, matemático insigne, y gran práctico del seno megicano. Vivía en Veracruz el año 1684. Y allí compuso y remitió al Vir[r]ey de Mégico, Marqués de la Laguna:
Diario del reconocimiento de las Costas del Norte del seno megicano, y mapa de ellas. Se embió todo a Madrid en 1686.
Nuevo reconocimiento de la Costa de Apalache, remitido al Vir[r]ey de Mégico, Conde de la Monclova, en 1687".
134. Como sabemos, la guerra contra Francia hacía que se estuviera preparando con bastante sigilo la expedición punitiva de la Armada de Barlovento a la parte francesa de La Española, que partió de Veracruz el 19 de julio de ese mismo año. Sigüenza y Góngora escribió, por mandato del virrey dos obras que tratan sobre este asunto al año siguiente: *Relación de los svcedido a la Armada de Barlovento* y *Trofeo de la Jvsticia Española en castigo de la Alevosía Francesa.*